신약성경과 함께하는
응답받는 기도

신약성경과 함께하는 **응답받는 기도**

초판 1쇄 인쇄 2024년 6월 21일
초판 1쇄 발행 2024년 6월 28일

지은이   용혜원
펴낸이   이춘원
펴낸곳   책이있는마을
기 획   강영길
편 집   이서정
디자인   Do'soo
마케팅   강영길

주 소   경기도 고양시 일산동구 무궁화로120번길 40-14 (정발산동)
전 화   (031) 911-8017
팩 스   (031) 911-8018
이메일   bookvillagekr@hanmail.net
등록일   1997년 12월 26일
등록번호   제10-1532호

ISBN   978-89-5639-354-4 (03810)

신약성경과 함께하는

응답받는 기도

용혜원 지음

머리말 ✝

　여기에 수록된 기도문은 매일 아침과 저녁에 기도하며 신약 성경을 4일마다 한 번씩 반복하여 읽으면서 떠오른 기도를 기록한 기도문이다. 처음 쓴 그대로 고치지 않았다. 우리가 기도할 때도 기도를 지우고 다시 기도하지 않는다.

　기도는 순수한 마음 그대로 하나님께 드리는 마음이며 고백이다. 미사여구나 어려운 말을 쓴다고 좋은 기도가 아니다. 하나님을 사모하며 간절한 마음으로 합당한 기도를 드릴 때 우리가 기도하는 마음을 미리 아시고 계시는 하나님께서 들으시고 응답하여 주신다.

　기도는 하나님과 대화하는 영적인 호흡이요, 하나님을 믿고 구원받은 성도들의 생명 줄이다. 누가 천국을 사모하고 기다리다 들어갈 사람들인가? 구주 예수 그리스도를 영접하고 죄를 회개하고 주 예수 그리스도의 보혈로 씻김받고 구원받아 기도하는 사람들이다. 기도하다 보면 짧게 끝날 때가 많고 무엇을 기도해야 할지 모를 때가 많다. 이 기도문은 우리가 어떤 것을 기도해야 하나님이 원하시는 기도이며 어떤 기도를 해야 하나님께 응답받게 되는가를 알려주는 이정표이다.

　삶이 힘들고 지치고 고통스러울수록 성경 말씀을 붙잡고 기도할 때 분명한 응답 속에 기쁨을 누릴 수 있고 구주 예수 그리스도와 동행하는 삶을 살 수 있다. 마음의 중심에서 드리는 기도는 진실하고 솔직하고 분명해야 한다. 기도는 중언부언하거나 자기의 욕망과 욕심을 위하여 하는 것은 아니다. 하나님이 하나님의 나라 들에게 그 나라와 그의 의를 위하여 기도하라 말씀하셨다. 기도로 응답받기 위하여 구하고 찾고 두드리라고 말씀하셨다. 주 예수 그리스도의 사역에 동참하기를 기도하라고 하셨고 전도의 문이 열리기를 기도하라 하셨다. 교회와 성도들을 위하여 기도하라고 하셨고 마지막 때를 위하여 기도하라고 하셨다.

성경을 읽고 이 기도문을 읽으면 우리가 주 예수 그리스도의 이름으로 무엇을 기도하여야 하나님이 응답하시는지를 알려준다.

이 기도문을 쓰며 밤낮으로 기도하면서 은혜와 감동이 넘쳤다. 성경을 읽어야 하나님이 가까이 계심을 믿고 왜 기도해야 하는지를 알게 되며, 기도의 폭이 넓어지고 무엇을 기도해야 하는지 잘 알게 된다. 기도하는 목적과 이유가 분명해지고 응답받는 기도를 알게 된다.

믿음이 살아 있는 성도들은 기도를 쉬지 않는다. 이 기도문과 함께하는 분들에게 하나님의 은총과 축복과 은혜와 기도 응답이 깃드시기를 바란다. 아멘!

구주 예수 그리스도께 감사기도 드리며
용혜원 시인

차 례

우리의 구원자이신 주님!
그 이름은 예수는 자기 백성을 죄에서
구원하실 분이심을 오직 믿음으로 굳게 하시고
나의 모든 죄를 용서하여 주시옵소서.

내가 지은 죄로 인하여
영원한 형벌을 받을 수밖에 없었으나
죄에서 구원하실 분은 구주 예수 그리스도밖에 없으니
주 예수 이름의 은혜로
죄의 그물에서 벗어나게 하심을 감사드립니다.

...

**구주 예수 그리스도
그 이름 믿게 하여 주소서**

구주 예수 그리스도 그 이름 믿게 하여 주소서

아들을 낳으리니 이름을 예수라 하라 이는 그가 자기 백성을 그들의 죄에서 구원할 자이심이라 하니라. 이 모든 일이 된 것은 주께서 선지자로 하신 말씀을 이루려 하심이라 이르시되, 보라 아들을 낳을 것이요 그 이름을 임마누엘이라 하셨으니 이를 번역한즉 하나님이 우리와 함께 계시다 함이라.

† 마태복음 1:21~23

우리의 구원자이신 주님!
그 이름 예수는 자기 백성을 죄에서
구원하실 분이심을 오직 믿음으로 굳게 하시고
나의 모든 죄를 용서하여 주옵소서

내가 지은 죄로 인하여
영원한 형벌을 받을 수밖에 없었으나
죄에서 구원하실 분은 구주 예수 그리스도밖에 없으니
주 예수 이름의 은혜로
죄의 그물에서 벗어나게 하심을 감사드립니다.

죄 사함을 받고 새 생명을 얻게 하실 분은
오직 예수이오니 말씀 속에 믿고 따르며
죄 사함을 받게 하소서

그 이름 예수로 죄를 회개하게 하소서
그 이름 예수로 죄를 용서받게 하소서
그 이름 예수로 죄에서 구원받게 하소서

우리의 죄가 예수 그 이름으로
죄를 용서받아 찬양과 예배를 드리게 하시고
구주 예수 그 이름이 임마누엘되심을
무한 감사하게 하소서

주 예수 그 이름으로 우리의 죄를 용서받아
하나님이 우리와 함께하심을 체험하오니
이 얼마나 놀라운 주님의 사랑입니까

주여! 나의 죄를 용서하여 주심을 감사드립니다
우리 주 예수 그리스도 이름으로 기도합니다. 아멘!

나의 죄를 자복하게 하소서

그때 세례 요한이 이르러 유대 광야에서 전파하여 말하되, 회개하라 천국이 가까이 왔느니라 하였으니, 그는 선지자 이사야를 통하여 말씀하신 자라 일렀으되 광야에 외치는 자의 소리가 있어 이르되 너희는 주의 길을 준비하라 그가 오실 길을 곧게 하라 하였느니라.

† 마태복음 3;1~3

오, 구원의 주님!
나의 죄를 가리지 않게 하시고
나의 죄를 감추지 않게 하시고
나의 죄를 속이지 않게 하시고
나의 죄를 낱낱이 자복하고 회개하게 하소서

천국이 가까이 왔으니
하늘나라 백성이 되기 위하여
나의 죄를 회개하여 용서받고 구원받아
하늘나라 천국 백성이 되게 하소서

오, 구원의 주님!
나의 죄를 생각나게 하여 주시고
나의 죄를 깨닫게 하여 주시고
나의 죄를 남김없이 고백하게 하소서

삶 속에서 말씀과 믿음이 일치하여
나의 죄를 주님의 거룩하신 보혈로
깨끗하게 씻김을 받게 하시고
물과 성령으로 거듭난 삶을 살게 하소서

나의 삶 속에서 회개에 합당한
열매를 맺게 하여 주시고 주의 길을 예비하며
주님의 부르심에 응답하며 살게 하소서
우리 주 예수 그리스도 이름으로 기도합니다. 아멘!

하나님 말씀으로 살게 하소서

예수께서 대답하여 이르시되 사람이 떡으로만 살 것이 아니라 하나님의 입
으로부터 나오는 모든 말씀으로 살 것이라 하시니.

† 마태복음 4;4

말씀의 주님!
성경 말씀이 나의 삶의 나침판이 되게 하여 주시고
나의 삶의 안내판이 되게 하여 주시고
나의 삶의 지침서가 되게 하여 주시기를 원합니다

하나님께서 말씀으로 천지를 창조하시고
하나님께서 말씀으로 천지를 운행하시고
하나님께서 말씀으로 죄인들을 구원하시니
하나님의 말씀대로 모든 것이 이루어지고
하나님의 섭리 속에 이루어짐을 믿고 따르게 하시고
하나님의 말씀대로 살게 하소서

말씀의 주님!
하나님의 말씀 속에서 생명 길로 인도하소서
하나님의 말씀 속에서 구원의 길로 인도하소서
하나님의 말씀 속에서 진리의 길로 인도하소서

인간의 지혜와 지식만으로는 모든 것이 부족하오니

하나님 말씀의 능력으로

부족함을 채워주시고 연약함을 인도하여 주시고

일용할 양식과 떡으로만 살지 말고

하나님의 입으로 나오는 생명의 말씀

구원의 말씀으로 살아가게 하여 주소서

하나님의 말씀대로 강하고 담대하게 살게 하시고

하나님의 말씀 속에서 진리의 자유를 얻게 하시고

하나님의 말씀을 믿고 순종하고 따라

주님 구원의 의에 이르게 하소서

우리 주 예수 그리스도 이름으로 기도합니다. 아멘!

복이 있는 자가 되게 하소서

예수께서 무리를 보시고 산에 올라가 앉으시니 제자들이 나아온지라, 입을 열어 가르쳐 이르시되, 심령이 가난한 자는 복이 있나니 천국이 그들 임이요. 애통하는 자는 복이 있나니 그들이 위로받을 임이요. 온유한 자는 복이 있나니 그들이 땅을 기업으로 받을 임이요. 의에 주리고 목마른 자는 복이 있나니 그들이 배부를 임이요. 긍휼히 여기는 자는 복이 있나니 긍휼히 여김을 받을 임이요. 마음이 청결한 자는 복이 있나니 그들이 하나님을 볼 것임이요. 화평하게 하는 자는 복이 있나니 그들이 하나님의 아들이라 일컬음을 받을 것임이요. 의를 위하여 박해받는 자는 복이 있나니 천국이 그들의 것임이라.

† 마태복음 5;1~10

오, 주님!
심령이 가난하여 복이 있는 자가 되어
천국을 소유하게 하소서

죄를 애통하여 복이 있는 자가 되어
위로를 받게 하소서

마음이 온유한 자가 되어
땅을 기업으로 받게 하소서

하나님의 의에 주리고 목마른 자가 되어
배부름을 얻게 하소서

남을 긍휼히 여기는 자가 되어
긍휼히 여김을 받게 하소서

죄를 회개하여 마음이 청결한 자가 되어
하나님을 보게 하소서

사람 사이 하나님과의 사이에 화평한 자가 되어
하나님의 아들이라 일컬음을 받게 하소서

항상 기뻐하고 즐거워하며
복이 있는 자가 되게 하소서
우리 주 예수 그리스도 이름으로 기도합니다. 아멘!

세상의 빛과 소금이 되게 하소서

너희는 세상의 소금이니 소금이 만일 그 맛을 잃으면 무엇으로 짜게 하리요 후에는 쓸데없어 다만 밖에 버려져 사람에게 밟힐 뿐이니라. 너희는 세상의 빛이라 산 위에 있는 동네가 숨겨지지 못할 것이요, 사람이 등불을 켜서 말 아래에 두지 아니하고 등경 위에 두나니 이러므로 집 안 모든 사람에게 비치느니라 이같이 너희 빛이 사람 앞에 비치게 하여 그들로 너희 착한 행실을 보고 하늘에 계신 너희 아버지께 영광을 돌리게 하라.

† 마태복음 5;13~16

오, 주님!
너희는 세상의 빛과 소금이라고 하셨으니
주님이 주신 사명과 직분을 잘 감당하게 하여 주시고
세상 죄악의 어둠 속에 빛이 되게 하여 주시고
복잡한 세상의 소금 맛을 내며 살게 하여 주소서

오, 주님!
전지전능하신 하나님께 온전히 쓰임을 받는
도구가 되게 하여 주시고
쓸데없이 밖에 버림을 받아
사람들에게 밟히는 신세가 되지 않게 하여 주소서

오, 주님!

우리가 하나님의 은혜로 세상의 빛이 되어

모든 사람에게 진리와 생명의 빛으로

빛나게 하여 주시고 온전하게 쓰임을 받게 하여 주소서

우리가 하나님의 은혜를 받았으니 경건함과 두려움으로

하나님을 기쁘게 섬기게 하시고

하나님의 복음과 같이 비밀이 이루어지게 하소서

오, 주님!

우리의 빛이 사람에게 비추게 하여 주시고

하나님의 도우심과 인도하심으로

우리의 착한 행실을 보고 하늘에 계신

창조주 하나님께 모든 영광을 돌리게 하여 주소서

우리 주 예수 그리스도 이름으로 기도합니다. 아멘!

골방에서 기도하게 하소서

또 너희는 기도할 때에 외식하는 자와 같이 하지 말라 그들은 사람에게 보이려고 회당과 큰 거리 어귀에 서서 기도하기를 좋아하느니라 내가 진실로 너희에게 이르노니 그들은 자기 상을 이미 받았느니라. 너는 기도할 때 네 골방에 들어가 문을 닫고 은밀한 중에 계신 네 아버지께 기도하라 은밀한 중에 보시는 네 아버지께서 갚으시리라. 또 기도할 때 이방인과 같이 중언부언하지 말라 그들은 말을 많이 하여야 들으실 줄 생각하느니라. 그러므로 그들을 본받지 말라 구하기 전에 너희에게 있어야 할 것을 하나님 너희 아버지께서 아시느니라.

† 마태복음 6;5~8

오, 주여!
우리가 하는 기도가 남에게 보여주려고
외식하는 모습으로 기도하지 않게 하소서

골방에서 은밀하게 우리를 사랑하시고
구원하여 주시는 하나님과 영적으로 교제하며
간절한 마음으로 기도하게 하소서

오, 주여!
예수 그리스도를 구주로 믿고
예수 그리스도의 이름으로

기도할 때 은밀하게 우리의 중심을 보시는
하나님 앞에 거짓 없이 모든 것을 쏟아내어
진실하게 솔직하게 기도하게 하소서

오, 주여!
기도할 때 무슨 기도를 하는지도 모르게
중언부언하거나 횡설수설하지 말게 하시고
또박또박 분명하고 확실하게
우리의 마음을 나타내어
온 마음으로 기도하게 하소서

오, 주여!
구하기도 전에 중심을 아시고 마음과 필요한 것을 아시오니
주님만을 의지하며 주님의 이름으로 온 마음으로 기도하게 하소서
우리 주 예수 그리스도 이름으로 기도합니다. 아멘!

그의 나라와 그의 의를 구하라

그러므로 염려하여 이르기를 무엇을 먹을까 무엇을 마실까 무엇을 입을까 하지 말라. 이는 다 이방인들이 구하는 것이라 너희 하늘 아버지께서 이 모든 것이 너희에게 있어야 할 줄을 아시느니라. 그런즉 너희는 먼저 그의 나라와 그의 의를 구하라 그리하면 이 모든 것을 너희에게 더하시리라. 그러므로 내일 일을 위하여 염려하지 말라 내일 일은 내일 염려할 것이요 한 날의 괴로움은 그날로 족하니라.

† 마태복음 6;31~34

구원의 주님!
우리의 믿음이 아주 작고 작음을 아오니
우리의 믿음이 강하고 담대하여
믿음의 반석 위에 서게 하소서

목숨만을 살아가기 위하여
무엇을 먹을까?
무엇을 마실까?
무엇을 입을까? 걱정 근심하며
먹고 사는 것만 구하지 않게 하시고
먼저 그 나라와 그의 의를 구하게 하여 주소서

하나님의 나라가
이 땅에 이루어짐을 기뻐하게 하시고
감사하게 하시고 찬양하게 하시고
하늘나라에 소망을 갖고 살게 하소서

내일 일을 위하여 염려하지 않게 하시고
모든 것을 주님께 위탁하며
주님을 믿고 따르며 기도하게 하소서

한 날의 괴로움에 빠져
고민하고 염려하지 않게 하시고
고통과 아픔에서 벗어나
주님의 나라와 그의 의를 구하게 하시고
주님이 원하시는 삶을 살게 하여 주소서
우리 주 예수 그리스도 이름으로 기도합니다. 아멘!

구하고 찾고 문을 두드리게 하소서

구하라 그리하면 너희에게 주실 것이요 찾으라 그리하면 찾아낼 것이요 문을 두드리라 그리하면 너희에게 열릴 것이니, 구하는 이마다 받을 것이요 찾는 이는 찾아낼 것이요 두드리는 이는 열릴 것이니라. 너희 중에 누가 아들이 떡을 달라 하는데 돌을 주며, 생선을 달라 하는데 뱀을 줄 사람이 있겠느냐. 너희가 악할지라도 좋은 것으로 자식에게 줄 줄 알거든 하물며 하늘에 계신 너희 아버지께서 구하는 자에게 좋은 것으로 주시지 않겠느냐. 그러므로 무엇이든지 남에게 대접받고자 하는 대로 너희도 남을 대접하라 이것이 율법이요 선지자니라.

† 마태복음 7;7~12

우리의 기도를 들어주시는 주님!
주님의 이름으로 기도하며
주님의 이름으로 구하게 하소서
주님의 이름으로 기도하며
주님의 이름으로 찾게 하소서
주님의 이름으로 기도하며
주님의 이름으로 문을 두드리게 하소서

오, 주님!
주님의 이름으로 구하고 찾고 문을 두드려
기도함으로 응답받게 하소서

응답의 주님!

악한 사람들도 자식에게 좋은 것을 주는데

창조주 하나님께서 하늘 백성이

구하는 것을 들어주심을 믿고 믿사오니

기도를 드릴 때 응답하여 주소서

구원의 주님!

하나님 아버지께서 기도로 구하는 자들에게

늘 항상 좋은 것으로 주심을 믿사오니

기도할 때마다 기도드릴 때마다

구하고 찾고 두드림으로 응답받게 하소서

우리 주 예수 그리스도 이름으로 기도합니다. 아멘!

좁은 문으로 들어가게 하소서

좁은 문으로 들어가라 멸망으로 인도하는 문은 크고 그 길이 넓어 그리로 들어가는 자가 많고, 생명으로 인도하는 문은 좁고 길이 협착하여 찾는 자가 적음이라.

† 마태복음 7;13~14

오, 주님!
하나님의 구원을 받기 위하여
하나님이 섭리와 뜻 속에서 이루어 놓으신
구원의 좁은 문으로 들어가서 구원받게 하소서

하나님께서는 말씀으로 만물을 붙잡으시고
말씀으로 정결하게 하시오니 우리를 인도하여 주소서
우리의 죄를 자백하고 구원받게 하여 주소서

오, 주님!
멸망으로 인도하는 문은 아무리 보기 좋고
넓어서 들어가는 자가 많고 많아도
사망의 문이니 절대로 들어가지 말게 하소서
세상에 살면서 편하고 쉽고 하기 좋다고
가리지 않고 함부로 하다가 죄를 짓지 말게 하소서

오, 주님!

생명으로 인도하는 문은 좁은 길로 찾는 자가 적어도

하나님이 원하시고 인도하여 주시니

좁은 문으로 들어가 구원받게 하소서

오, 주님!

좁은 문으로 들어가는 구원받는 성도가 되기 위하여

늘 항상 기도로 준비하고 말씀으로 준비하고

행동으로 준비하여 하나님의 자녀답게 믿음으로 살아가므로

구주 예수 그리스도 이름으로 구원받게 하여 주소서

우리 주 예수 그리스도 이름으로 기도합니다. 아멘!

우리 마음이 주 안에서 쉼을 얻게 하소서

수고하고 무거운 짐 진 자들아 다 내게로 오라 내가 너희를 쉬게 하리라. 나는 마음이 온유하고 겸손하니 나의 멍에를 메고 내게 배우라 그리하면 너희 마음이 쉼을 얻으리니, 이는 내 멍에는 쉽고 내 짐은 가벼움이라 하시니라.

† 마태복음 11:28~30

오, 주님!
험난한 세상을 살아가면서
사람마다 누구나 수고하고 무거운 짐을 지고 살아가오니
우리 마음이 주 안에서 쉼을 얻게 하소서

하나님의 구원을 등한히 여겨 복음을 떠나지 않게 하시고
우리의 양심을 죽은 행실에서 깨끗하게 하사
살아계신 하나님을 섬기고 예배하며 찬양하게 하소서

오, 주님!
사람으로 태어나 자기가 져야 할 짐을 지고 살아가며
감당할 수 있는 마음과 믿음을 허락하여 주소서
짐을 짐이라 생각하지 말고
당연하게 해야 할 몫으로 생각하고 감당하게 하소서

오, 주님!

주님은 마음이 온유하고 겸손하시니

주님의 멍에를 메고

구원의 복음을 배우게 하시고

주 안에서 마음의 쉼을 얻게 하소서

오, 주님!

주님의 한결같은 은혜와 사랑으로 인도하시니

주님의 멍에는 쉽고 주님의 짐은 가벼우니

주 안에서 언제나 믿음으로 지게 하소서

우리 주 예수 그리스도 이름으로 기도합니다. 아멘!

형제가 죄를 범하면 기도하게 하소서

네 형제가 죄를 범하거든 가서 나와 그 사람과만 상대하여 권고하라 만일 들으면 네가 네 형제를 얻은 것이요. 만일 듣지 않거든 한두 사람을 데리고 가서 두세 증인의 입으로 말마다 확증하게 하라. 만일 그들의 말도 듣지 않거든 교회에 말하고 교회의 말도 듣지 않거든 이방인과 세리와 같이 여기라. 진실로 너희에게 이르노니 무엇이든지 너희가 땅에서도 매면 하늘에서도 매일 것이요 무엇이든지 땅에서도 풀면 하늘에서도 풀리리라. 진실로 너희에게 이르노니 너희 중에 두 사람이 땅에서 합심하여 무엇이든지 구하면 하늘에 계신 내 아버지께서 그들을 위하여 이루게 하시리라. 두세 사람이 내 이름으로 모인 곳에 나도 그들 중에 있느니라.

† 마태복음 18;15~20

구원의 주님!
형제가 죄를 범하면 지적하고 화부터 내기보다
그들을 위하여 회개하기를 기도하게 하소서

생명의 주님!
무엇이든지 이 땅에서 매면
하늘에서 매이고
무엇이든지 이 땅에서 풀면
하늘에서도 풀리니
하나님의 섭리 속에 은혜 속에 믿음으로 살게 하소서

구원의 주님!

홀로 기도할 때도 있지만

중요한 일이 있을 때 성도들과 한마음으로

주님의 이름으로 합심하여 기도하게 하여 주소서

기도할 때마다 하늘에 계신 하나님 아버지께서 들으시고

응답하시고 이루어 주시옵소서

오, 주님!

두세 사람이 주 예수 그리스도 이름으로

모이는 곳에 주님이 함께하여 주심을 믿사오니

주님을 믿고 주님의 이름으로 기도하여 응답받는

성도의 삶을 살아가게 하소서

우리 주 예수 그리스도 이름으로 기도합니다. 아멘!

끝까지 인내하고 견디며 구원받게 하소서

📖 ....

예수께서 대답하여 이르시되 너희가 사람의 미혹을 받지 않도록 주의하라. 많은 사람이 내 이름으로 와서 이르되 나는 그리스도라 하여 많은 사람을 미혹하리라. 난리와 난리의 소문을 듣겠으나 너희는 삼가 두려워하지 말라 이런 일이 있어야 하되 아직 끝이 아니니라. 민족이 민족을 나라가 나라를 대적하여 일어나겠고 곳곳에 기근과 지진이 있으리니, 이 모든 것은 재난의 시작이니라. 그때 사람들이 너희를 환란에 넘겨주겠으며 너희를 죽이리니 너희가 내 이름 때문에 모든 민족에게 미움을 받으리라. 그때 많은 사람이 실족하게 되어 서로 잡아주고 서로 미워하겠으며 거짓 선지자가 많이 일어나 많은 사람을 미혹하겠으며, 율법이 성하므로 많은 사람의 사랑이 식어지리라. 그러나 끝까지 견디는 자는 구원을 얻으리라. 천국 복음이 모든 민족에게 증언되기 위하여 온 세상에 전파되리니 그제야 끝이 오리라.

† 마태복음 24;4~14

....

권능의 주님!
말세의 미혹에 넘어가지 않도록
믿음이 반석 위에 세워지게 인도하여 주소서

거짓 그리스도가 나타나 거짓 복음을 전하고
난리와 난리의 헛소문이 돌고 돌아도 끝 날이 오기까지
미혹되지 않도록 구주께서 인도하여 주소서

능력의 주님!

민족과 민족이 전쟁하고
나라와 나라가 싸움하고 살육하고
도륙하여 죽이고 서로 미워할지라도
끝까지 주님께 강하고 담대하게 인도하여 주소서

권세의 주님!
마지막 때 사람이 실족하게 되고
서로 잡아주고 서로 미워할지라도
거짓 선지자가 설쳐도 마음이 흔들리고 미혹되지 않도록
오직 믿음으로 든든하게 강하고 담대하게 이겨내게 하소서

말씀의 주님!
말세에 불법이 성하므로 많은 사람이
사랑이 식고 마음이 강팍해져도
끝까지 믿음으로 인내하며 이겨내게 하소서

마지막 때에 천국 복음이 모든 민족에게 증언이 되고
선포되어 온 세상에 전파될 때까지 믿음을 지키게 하소서
우리 주 예수 그리스도 이름으로 기도합니다. 아멘!

늘 기도로 깨어 있게 하소서

그러므로 깨어 있으라. 어느 날에 너희 주가 임할는지 너희가 알지 못함이라. 너희도 아는 바니 만일 집 주인이 도둑이 어느 시각에 올 줄을 알았더라면 깨어 있어 그 집을 뚫지 못하게 하였으리라. 이러므로 너희도 준비하고 있으라 생각하지 않은 때에 인자가 오리라.

† 마태복음 24;42~44

전지전능하사 천지 만물을 창조하신 하나님!
우리가 드리는 기도가
늘 깨어 있는 기도가 되게 하사
늘 항상 기도하게 하여 주소서

오, 주여!
살아가면서 언제 어느 때에
어떤 일이 일어나고 들이닥칠지 모르니
늘 깨어 기도하게 하소서

오, 주여!
미리 준비하고 대처하기 위하여
늘 깨어서 기도하며
믿음의 파수꾼으로
모든 일을 살펴보게 하소서

오, 주여!
매사에 좌로나 우로나 치우치지 말고
하나님의 뜻과 섭리를 깨달아 알게 하시고
영적으로 늘 깨어 있고
하나님의 자녀 성도로서
사리를 분별하며 살게 하소서

오, 주여!
나태하여 게으르지 않게 하여 주시고
늘 부지런하고 근면하여 깨어서 기도하며
모든 일들을 위하여 기도하게 하소서
우리 주 예수 그리스도 이름으로 기도합니다. 아멘!

복음이 전파되는 곳에서
우리도 기억되는 삶을 살게 하소서

예수께서 베다니 나병환자 시몬의 집에 계실 때에, 한 여자가 매우 귀한 향유와 옥합을 가지고 나아와서 식사하시는 예수의 머리에 부으니, 제자들이 보고 분개하여 이르되 무슨 의도로 이것을 허비하느냐. 이것을 비싼 값에 팔아 가난한 자들에게 줄 수 있었겠도다 하거늘, 예수께서 아시고 그들에게 이르시되 너희가 어찌하여 이 여자를 괴롭게 하느냐 그가 내게 좋은 일을 하였느니라. 가난한 자들은 항상 너희와 함께 있거니와 나는 항상 함께 있지 아니하리라. 이 여자가 내 몸에 향유를 부은 것은 내 장례를 위함이니라. 내가 진실로 너희에게 이르노니 온 천하에 어디서든지 이 복음이 전파되는 곳에서는 이 여자가 행한 일도 말하여 그를 기억하리라 하시니라.

† 마태복음 26;6~13

오, 주님!
옥합을 깨뜨려 귀한 향유를 예수 그리스도의 머리에 부은
여인을 기억하시는 주님의 섭리와 말씀을 믿고
늘 항상 기억하고 믿음으로 따르게 하여 주소서

오, 주님!
사람들은 여인의 마음을 모르고
화를 내고 함부로 분개하였으나
구주 예수 그리스도 주님은 여인이 무엇을 준비하려는지
모든 것을 아신 것처럼 우리도 주님을 위하여 준비하게 하소서

오, 주님!
사람들은 모든 것을 먼저 돈으로 계산하여
향유를 팔아 가난한 자들에게 주라고 하였으나
어리석은 생각임을 고백하오니 인도하여 주소서

오, 주님!
이 세상 사람들을 죄에서 구원하러
속죄 제물되는 주님의 가시는 길을 준비하는
여인의 마음을 아시는 주님 사랑이 참으로 놀라우니
주여 우리 마음을 헤아려 주시옵소서

오, 주님!
복음이 전파되는 곳마다 여인의 행한 일을 말하여
기억하신다고 하셨으니 우리도 주님의 뜻과 섭리를
합당하게 행하여 복음이 전파되는 곳에
우리의 일도 기억되게 하여 주소서
우리 주 예수 그리스도 이름으로 기도합니다. 아멘!

회개하고 복음을 믿게 하소서

요한이 잡힌 후 예수께서 갈릴리에 오서서 하나님의 복음을 전파하여, 이르시되 때가 찼고 하나님의 나라가 가까이 왔으니 회개하고 복음을 믿으라 하시더라.

† 마가복음 1;14~15

구원의 주님!
내가 지은 죄를 낱낱이 알고
내가 지은 죄를 하나하나 깨달아
모두 다 회개하고 구원의 복음을 믿게 하소서
나의 죄를 용서하여 주소서

내가 알고 지은 죄 내가 모르고 지은 죄
내가 일부러 알고 지은 죄를 고백하오니
나의 죄를 용서하여 주소서

구원의 주님!
내가 주님께 지은 죄를 용서하소서
내가 남에게 지은 죄를 용서하소서
내가 가족에게 지은 죄를 용서하소서
내가 나에게 지은 죄를 용서하소서

말씀의 주님!
주님의 말씀을 믿고 순종하며 따르게 하시고
나의 지은 죄를 용서받아
주님의 생명 복음을 믿고 살게 하소서

오, 주님!
때와 기한은 하나님의 섭리 속에 이루어지오니
언제나 마지막 때를 준비하며 기도하게 하소서
천국이 가까이 왔으니 죄를 회개하고
이 땅에 오시는 재림의 주님을 맞이하게 하시며
늘 깨어 기도하게 하소서
우리 주 예수 그리스도 이름으로 기도합니다. 아멘!

사람 낚는 어부가 되게 하여 주소서

예수께서 이르시되 나를 따라오라 내가 너희로 사람을 낚는 어부가 되게 하리라 하시니, 곧 그물을 버려두고 따르니라.

† 마가복음 1;17~18

구원의 주님!
주님의 말씀은 믿음을 주고
믿음은 결국 구원이오니
주님의 말씀을 전하는 도구로 사용되게 하여 주소서
우리를 온전하게 하시는
구주 예수 그리스도를 바라보며 믿음으로 살게 하소서

오, 주님!
주님의 말씀 선포함을 통하여
삶 속에서 구주 예수 그리스도를 증거하며
주님의 쓰임을 받아 사용되게 하여 주소서
주 예수 그리스도에 대한 믿음을
굳건히 지키는 성도가 되게 하소서

오, 주님!
우리가 이 지상에 사는 날 동안
주님의 부르심에 합당하게
복음을 담대하게 전하게 하소서

오, 주님!
하나님의 생명책에 기록되어 구원받게 하시고
주님의 말씀을 지키는 복된 성도가 되게 하시고
주님의 은혜가 넘치게 하여 주소서

때를 얻든지 못 얻든지 복음을 전하는
사람을 낚는 어부가 되게 하여 주소서
우리 주 예수 그리스도 이름으로 기도합니다. 아멘!

두려워하지 말고 믿게 하소서

예수께서 그 하는 말을 곁에서 들으시고 회당장에게 이르시되 두려워하지 말고 믿기만 하라.

† 마가복음 5;36

권능의 주님!
우리가 주님을 바라보며
두려워하지 말고 믿기만 하게 하소서
강하고 담대하게 옳고 바른 믿음으로 살게 하소서

은혜의 주님!
우리가 주님을 바라보며
염려하지 않고 모든 것을 주님께 맡기고
날마다 때마다 순간마다 기도하며
생명의 말씀 속에서 믿음으로 살게 하소서

축복의 주님!
우리가 주님과 동행하며 근심하지 말고 범사에 감사하며
믿을 만한 강한 믿음을 주시고
마음을 굳게 하여 믿음에 머물게 하소서

늘 감사하며 담대한 믿음으로 살게 하시고
항상 기도하고 쉬지 않고 기도하며
주 안에서 늘 감사하며 믿음으로 살게 하소서

사랑의 주님!
우리가 주님의 인도하심 속에
주님을 의지하며 구원받은 성도답게
하나님의 생명 복음을 믿고 전하며
주 안에서 성령의 능력 속에 살게 하소서
우리 주 예수 그리스도 이름으로 기도합니다. 아멘!

십자가를 지고 주를 따르게 하소서

무리와 제자들을 불러 이르시되, 누구든지 나를 따라오려거든 자기를 부인하고 자기 십자가를 지고 나를 따를 것이니라. 누구든지 자기 목숨을 구원하고자 하면 잃을 것이요 누구든지 나와 복음을 위하여 자기 목숨을 잃으면 구원하리라. 사람이 만일 온 천하를 얻고도 자기 목숨을 잃으면 무엇이 유익하리요. 사람이 무엇을 주고 자기 목숨과 바꾸겠느냐. 누구든지 이 음란하고 죄 많은 세대에서 나와 내 말을 부끄러워하면 인자도 아버지의 영광으로 거룩한 천사들과 함께 올 때 그 사람을 부끄러워하리라.

† 마가복음 8;34~38

십자가의 주님!
주님을 따르기 위하여 나의 십자가를 지고
구속의 주님께 늘 항상 순종하며 따르게 하여 주소서

오, 주님!
나 스스로 목숨을 구원할 수 없으니
주님의 뜻대로 주님이 원하시는 대로
구원하여 주시기를 모든 것을 의탁하오니
구원의 길로 인도하여 주소서

오, 주님!
재산이 천하를 얻을 만큼 많고 많아도
목숨을 구원받지 못하면 아무 소용이 없고
명예와 지위와 권세가 하늘을 찌를 듯하여도
구원을 받지 못하면 아무 소용이 없습니다

이 세상의 그 무엇과도 한목숨을 바꾸는
어리석은 죄를 혹여나 범하지 않도록 인도하시고
주님의 구속 십자가 사랑으로 구속하여 주시기를
간절하고 간곡하게 원하오니 들어주소서

오, 주님!
이 음란하고 타락한 세대에 물들지 않고
생명의 말씀이신 하나님의 말씀을 받아들여
하나님의 영광을 드러내며 나의 십자가를 지고
주님을 따르게 하시고 생명의 복음으로 구원받게 하소서
우리 주 예수 그리스도 이름으로 기도합니다. 아멘!

귀신을 쫓아내는 기도의 능력을 주소서

예수께서 무리가 달려와 모이는 것을 보시고 그 더러운 귀신을 꾸짖어 이르시되 말 못하고 못 듣는 귀신아 내가 네게 명하노니 그 아이에게서 나오고 다시 들어가지 말라 하시매, 귀신이 소리 지르며 아이로 심히 경련을 일으키게 하고 나가니 그 아이가 죽은 것같이 되어 많은 사람이 말하기를 죽었다 하나, 예수께서 그 손을 잡아 일으키시니 이에 일어서니라. 집에 들어가시매 제자들이 조용히 묻자오되 우리는 어찌하여 능히 그 귀신을 쫓아내지 못하였나이까. 이르시되 기도 외에 다른 것으로는 이런 종류가 나갈 수 없느니라.

† 마가복음 9;26~29

권능의 주님!
이 세상을 유린하고 병들고 미치게 만들고
수많은 사람을 지옥으로 보내는
귀신의 사악한 권세를
구주 예수 그리스도의 강한 권세와
놀라우신 능력으로 물리치게 하여 주시기를 원합니다

귀신 들려 미치고 괴롭고 힘들고 어려운 사람들이
매우 고통스러우니 기도하여
하나님의 능력을 받아

주 예수 그리스도의 이름으로 명하여

귀신을 쫓아내는 능력을 주시옵소서

기도 외에는 다른 것으로 귀신을 절대로

물리치고 쫓아낼 수 없으니

구주 예수 그리스도의 이름으로 구하오니

귀신을 쫓아내는 기도의 능력을 주시옵소서

우리 주 예수 그리스도 이름으로 기도합니다. 아멘!

구하는 것을 알고 구하여 응답받게 하소서

세베대의 아들 야고보와 주께 나아와 여짜오되 선생님이여 무엇이든지 우리가 구하는 바를 우리에게 하여 주시기를 원하옵니다. 이르시되 너희에게 무엇을 하여 주기를 원하느냐, 여짜오되 주의 영광 중에 우리를 하나는 주의 우편에 하나는 주의 좌편에 앉게 하여 주옵소서. 예수께서 이르시되 너희는 너희가 구하는 것을 알지 못하는도다 내가 마시는 잔을 너희가 마실 수 있으며 내가 받는 세례를 너희가 받을 수 있느냐. 그들이 말하되 할 수 있나이다 예수께서 이르시되 너희는 내가 마시는 잔을 마시며 내가 받는 세례를 받으려니와, 내 좌우편에 앉는 것은 내가 줄 것이 아니라 누구를 위하여 준비되었든지 그들이 얻을 것이라.

† 마가복음 10;35~40

오, 주님!
하늘나라의 자리를 다툼하며 살지 않게 하시고
모든 것을 하나님의 뜻과 섭리에 따라
합당하게 따르며 예수 안에서 믿음으로 살게 하소서

기도할 때 구하는 것을 중언부언하며 알지 못하는 것을
구하지 않게 하여 주시고
항상 먼저 주의 나라와 의를 먼저 구하게 하소서

오, 주님!
하늘의 것은 하나님이 정하신 대로
하나님이 인도하시는 대로 예정하신 자들 것이니
인간의 욕심과 욕망으로 탐하는 죄를
범하는 부족함이 없게 하소서

오, 주님!
남보다 더 크게 보이려고 욕심부터 내지 않게 하여 주시고
남보다 으뜸이 되고자 애쓰고 노력하기보다
남을 먼저 섬기는 종이 되게 하소서

오, 주님!
주 예수 그리스도께서 이 땅에 오심은 섬김을 받기보다
섬기려고 오셨으니 주 예수 그리스도를 본받아
늘 항상 섬기는 삶을 살게 하소서
우리 주 예수 그리스도 이름으로 기도합니다. 아멘!

주님이 이 땅에 오신 뜻을 깊이 알게 하소서

열 제자가 듣고 야고보와 요한에 대하여 화를 내거늘, 예수께서 불러다가 이르시되 이방인의 집권자들이 그들을 임의로 주관하고 그 고관들이 그들에게 권세를 부리는 줄을 너희가 알거니와, 너희 중에는 그렇지 않을지니 너희 중에 누구든지 크고자 하는 자는 너희를 섬기는 자가 되고.

† 마가복음 10;41~43

오, 주님!
주님은 하나님의 아들 독생자이오니
무한 영광과 찬양과 경배를 드리오니 받아주옵소서

주님은 하나님의 아들이면서도
온유하고 겸손하시니
주님의 성품을 닮아가며 살게 하여 주소서

오, 주님!
세상 권세 잡은 자들은 오만하고 교만하고
자만하고 거만하오나 주님은 낮은 자리에 임하시니
존귀하신 주님의 인도하심을 받게 하여 주소서

오, 주님!

주님 안에 살면서 주님의 인도하심을 받게 하여 주시고

세상 속에서 으뜸이 되고자 하는 허세를 버리게 하시고

남을 먼저 배려하고 섬기게 하여 주소서

오, 주님!

주님이 이 땅에 오심은 섬김을 받으려 하심이 아니요

도리어 섬기려 하시고 주님의 목숨까지 대속물로 주시는

크나큰 사랑을 베푸시니

주님이 이 땅에 오신 깊은 뜻을 깨닫아 알게 하소서

우리 주 예수 그리스도 이름으로 기도합니다. 아멘!

크고자 하기 전에 먼저 섬기게 하소서

너희 중에는 그렇지 않을지니 너희 중에 누구든지 크고자 하는 자는 너희를 섬기는 자가 되고, 너희 중에 크고자 하는 자는 모든 사람의 종이 되어야 하리라. 인자가 온 것은 섬김을 받으려 함이 아니라 도리어 섬기려 하고 자기 목숨을 많은 사람의 대속물로 주려 함이니라.

† 마가복음 10;43~45

구원의 주님!
사람들 속에서 먼저 내세우기 좋아하거나
뽐내기 원하거나 잘난 척 하거나 자랑하기 전에
남들보다 크고자 하기 전에
먼저 주님을 섬기고 사람들을 섬기게 하소서

생명의 주님!
주님은 하늘 보좌를 버리시고
이 땅의 낮은 자리에 오신
겸손하고 온유하신 모습처럼
남들보다 으뜸이 되기 전에 주님의 종이 되고
사람들의 종이 되어 섬기게 하소서

은혜의 주님!

이 세상 모든 것이 하나님의 섭리 속에

주관하시고 운행하시고 인도하여 주시니

모든 삶을 주님께 의지하고

오직 주 예수 그리스도의 인도함 속에 살게 하소서

말씀의 주님!

구주 예수 그리스도께서 이 땅에

인자가 되어 오신 것은

섬김을 받으려 하지 않으시고

도리어 섬겨 주시려고 오심을 감사와 찬양드리게 하소서

주님께서 인간의 죄를 사하시려고 대속물이 되어 오셨으니

주님의 삶을 본받아 섬기는 삶을 살게 하소서.

우리 주 예수 그리스도 이름으로 기도합니다. 아멘!

기도하고 구한 것을 응답하여 주소서

그들이 아침에 지나갈 때 무화과나무가 뿌리째 마른 것을 보고, 베드로가 생각이 나서 여짜오되 랍비여 보소서 저주하신 무화과나무가 말랐나이다. 예수께서 그들에게 대답하여 이르시되 하나님을 믿으라. 내가 진실로 너희에게 이르노니 누구든지 이 산더러 들리어 바다에 던져지라 하며 그 말하는 것이 이루어질 줄 믿고 마음에 의심하지 아니하면 그대로 되리라.

† 마가복음 11;20~23

믿음의 길로 인도하시는 주님!
하나님을 온전히 믿고 순종하며 따르게 하사
하늘나라 백성이 되게 하여 주소서

하나님의 인도하심을 전혀 의심하지 않고
마음 판에 새겨놓고 확신하며
오직 믿음으로 주님을 따르게 하여 주소서

오, 주님!
하나님께서 주 예수 그리스도의 이름으로
구하고 찾고 두드리라고 하신 모든 기도를
하나님께서 들어주시고 응답하여 주심을 굳게 믿고
구하는 것을 받은 줄로 믿고 기다리며
하나님께 주실 때 그대로 받게 하여 주소서

오, 주님!
서서 기도할 때나 앉아서 기도할 때나 엎드려 기도할 때나
어느 모습으로 기도하든지
주님이 기도하시는 모습을 기억하며
구주 예수 그리스도 이름으로 기도하여 응답받게 하소서

오, 주님!
다른 사람의 잘못과 허물이 있으면
주 예수 그리스도께서 사랑과 용서의 본을 보여주셨듯이
주님의 삶을 닮아가며 먼저 용서하게 하여 주소서

모든 죄를 십자가 사랑으로 구속하여 주신
주님의 구속 은혜를 받았으니 먼저 용서하게 하소서
우리 주 예수 그리스도 이름으로 기도합니다. 아멘!

기도하고 구한 것을 받은 줄로 믿게 하소서

내가 너희에게 말하노니 무엇이든지 기도하고 구하는 것은 받은 줄로 믿으라 그리하면 너희에게 그대로 되리라. 서서 기도할 때 아무에게나 혐의가 있거든 용서하라 그리하여야 하늘에 계신 너희 아버지께서 너희 허물을 사하여 주시리라 하시니라.

† 마가복음 11;24~25

말씀의 주님!
하나님의 말씀을 의심하지 않고
믿음으로 온전하게 받아들이며
바른 신앙으로 온전히 주님을 구주로 고백하게 하소서

구원의 주님!
주님의 이름으로 기도하고 구한 것을
하나님께서 기도를 들으시고 응답하여
주실 것을 굳게 믿고 의심하지 않고
오직 주 예수의 믿음으로 살게 하소서

사랑의 주님!
서서 기도할 때도 누구에게 아무에게나
악을 행한 혐의가 없는 것을 의심하여
함부로 판단하지 않게 하여 주시고
모두 다 용서하고 이해할 수 있는
넓고 깊은 믿음의 마음을 갖게 하소서

축복의 주님!
남을 용서하고 감사할 수 있는
믿음과 사랑의 마음을 갖게 하여 주시고
오직 믿음으로 살게 하소서

사랑의 주님!
우리 마음의 중심을 아시는 하나님 아버지께서
허물을 용서하여 주시고 늘 인도하여 주소서
우리 주 예수 그리스도 이름으로 기도합니다. 아멘!

세상 마지막 때에 깨어 기도하게 하소서

내가 진실로 너희에게 말하노니 이 세대가 지나가기 전에 이 일이 다 일어나리라. 천지는 없어지겠으나 내 말은 없어지지 아니하리라. 그러나 그날과 그때는 아무도 모르나니 하늘에 있는 천사들도 아들도 모르고 아버지만 아시느니라. 주의하라 깨어 있으라 그때가 언제인지 알지 못함이라. 가령 사람이 집을 떠나 타국으로 갈 때 그 종들에게 권한을 주어 각각 사무를 맡기며 문지기에게 깨어있으라 명함과 같으니, 그러므로 깨어 있으라 집주인이 언제 올는지 혹 저물 때일는지, 밤중일는지, 닭 울 때일는지 새벽일는지 너희가 알지 못함이라, 그가 홀연히 와서 너희가 자는 것을 보지 않도록 하라. 깨어 있으라 내가 너희에게 하는 이 말은 모든 사람에게 하는 말이니라 하시니라.

† 마가복음 13;30~37

세상을 심판하시는 주님!
이 세대가 지나가기 전에
하나님의 섭리가 다 이루어짐을 믿사오니 함께하소서

세상 마지막 때 그날과 그때는
알 수 없으니 하나님만 아시오니
세상 마지막 때를 준비하는 성도가 되어
늘 깨어 기도하는 삶을 살게 하여 주소서

오, 주님!

사탄이 언제나 찾아와 믿음의 틈을 노리고 들어올지 모르고

모든 것을 흔들어 놓아 정신 못 차리게 할지도 모르니

늘 항상 대비하고 준비하며 깨어 기도하게 하소서

마지막 때가 어느 때 시작될지 모르니

늘 항상 주의하고 깨어 기도하게 하소서

오, 주님!

주님이 언제 이 땅에 재림의 주로 오실 줄 모르니

해가 저물 때 오실지, 어둠 속 한밤중에 오실지

닭이 울 때 오실지, 새벽에 오실지 알 수 없으니

세상 마지막 때에 늘 항상 깨어 기도하게 하소서

오, 주님!

혹시 잠들어 재림하시는 주님을 맞이하지 못하는

부족하고 어리석은 행동을 하지 않게 하시고

늘 깨어 기도함으로 재림하시는 주님을

온 믿음 온 마음으로 영접하여 맞이하게 하소서

우리 주 예수 그리스도 이름으로 기도합니다. 아멘!

주님의 겟세마네 동산의 기도를 기억하며 기도하게 하소서

그들이 겟세마네라 하는 곳에 이르러 예수께서 제자들에게 이르시되 내가 기도할 동안에 너희는 여기 앉아 있으라 하시고, 베드로와 야고보와 요한을 데리고 가실새 심히 놀라시며 슬퍼하사, 말씀하시되 내 마음이 심히 고민하여 죽게 되었으니 너희는 여기 머물러 깨어있으라 하시고, 조금 나아가사 땅에 엎드리어 될 수 있는 대로 이때가 자기에게서 지나가기를 구하여, 이르시되 아빠 아버지여 아버지께는 모든 것이 가능하오니 이 잔을 내게서 옮기시옵소서 그러나 나의 원대로 마시옵고 아버지의 원대로 하옵소서

† 마가복음 14;32~36

생명의 주님!
주 예수 그리스도께서 십자가 고난을
몸소 당하심을 아시기에 고난 앞에서
심히 고민하시며 겟세마네 동산에서
핏방울 흘리도록 애쓰며 기도하심을 아노니
주님의 간절한 기도를 늘 기억하며 기도하게 하소서

구원의 주님!
십자가의 죽음을 앞두시고 기도하시는
주님께서 고난이 지나가기를 원하시면서도
하나님 아버지의 뜻과 섭리를 따라

십자가의 고난을 기도하시며 순종으로 받아들이시는
주님의 간곡한 겟세마네 기도를 늘 기억하며 기도하게 하소서

사랑의 주님!
마음이 원하여도 육신이 약하여 깨어서 기도하지 못하나
주님의 인도함에 따라 성령의 인도하심에 따라
심령이 늘 깨어서 기도함으로
준비된 천국 백성의 믿음으로 살게 하소서

은혜의 주님!
하나님의 독생자이신 주님께서
이 땅에 오셔서 몸소 기도의 본을 보여주심을
무한 감사와 찬양을 드리오니 받아주소서
주님의 기도하심처럼 주님을 본받아
늘 깨어 기도하는 성도가 되게 하여 주소서
우리 주 예수 그리스도 이름으로 기도합니다. 아멘!

시험에 들지 않게 늘 깨어 기도하게 하소서

돌아오사 제자들이 자는 것을 보시고 베드로에게 말씀하시되 시몬아 자느냐 네가 한 시간도 깨어 있을 수 없더냐. 시험에 들지 않게 깨어 있어 기도하라 마음에는 원이로되 육신이 약하도다 하시고, 다시 나아가 동일한 말씀으로 기도하시고, 다시 오사 보신즉 그들이 자니 이는 그들의 눈이 심히 피곤함이라 그들이 예수께 무엇으로 대답할 줄을 알지 못하더라.

† 마가복음 14;37~40

오, 주님!
내 마음이 원하오니
육신이 피곤하고 약하여
기도하지 못할 때가 있사오니 인도하여 주소서

주님의 강함으로 인도하사
모든 것을 이겨내고 기도하여
주 예수 그리스도 이름으로 응답받게 하여 주소서

오, 주님!
사탄이 마음의 틈을 노려 들어오려고
시시때때로 노리고 있으니
시험에 들지 않게 깨어 기도하게 하소서

오, 주님!

주님의 일에 충성을 다하여

착하고 충성된 종아 잘하였도다 칭찬받게 하시고

지극히 작은 일에도 충성하여 복된 성도가 되게 하시고

믿음 속에서 언제나 주님을 시인하며 살게 하여 주소서

오, 주님!

내 마음은 원하오니 육신이 약하오니

주님의 강한 손으로 붙잡아 주소서

우리 주 예수 그리스도 이름으로 기도합니다. 아멘!

주님이 가르쳐주신 기도를 드리게 하소서

예수께서 이르시되 너희는 기도할 때 이렇게 하라 아버지여 이름이 거룩히 여김을 받으시오며 나라가 임하시오며, 우리에게 일용할 양식을 주시옵고, 우리가 우리에게 죄지은 모든 사람을 용서하오니 우리 죄도 사하여 주시옵고 우리를 시험에 들게 하지 마시옵소서 하라.

기도를 들으시는 주님!
기도하기를 원할 때
어느 곳에서나 언제든지
주님의 이름으로 기도하게 하소서

하나님의 이름을 언제나 거룩하게 여기며
예배와 찬양을 통하여
모든 영광을 받으시기를 원합니다

이 죄악 된 세상이 사라지고
주님의 나라가 임하기를 기다리고 원합니다

사랑의 주님!
삶에 필요한 것들과
날마다 일용할 양식을 허락하여 주시고
늘 항상 인도하여 주시고 보호하여 주시고
축복하여 주심에 감사드립니다

구원의 주님!
죄지은 사람들을 용서하여 주시고
그들을 위하여 사랑하는 마음으로 기도하게 하소서
늘 나눔과 봉사와 베풂으로
주 예수 그리스도의 사랑을 나타내게 하소서

생명의 주님!
삶 속에서 갖가지 어려운 환경과 여건을 만나더라도
시험에 들지 않고 항상 굳건한 믿음으로
하나님의 도구로 쓰임 받고 사용되게 하여 주소서
우리 주 예수 그리스도 이름으로 기도합니다. 아멘!

죄를 사하여 주시고 시험에 들지 않게 하소서

예수께서 이르시되 너희는 기도할 때 이렇게 하라 아버지여 이름이 거룩히 여김을 받으시오며 나라가 임하시오며, 우리에게 일용할 양식을 주시옵고, 우리가 우리에게 죄지은 모든 사람을 용서하오니 우리 죄도 사하여 주시옵고 우리를 시험에 들게 하지 마시옵소서 하라.

† 누가복음 11;2~4

기도에 응답하여 주시는 주님!
기도를 드릴 때 주님의 십자가 공로를 의지하여
주님의 이름으로 기도를 드리게 하여 주시고
주님이 가르쳐 주신 기도를 드리게 하소서

오, 주님!
우리가 기도할 때마다
하나님의 이름이 거룩하게 여기심을 받으시고
하나님을 찬양하며 경배를 드리게 하여 주시고
하나님의 나라가 우리 마음과 이 땅에 임하게 하소서

오, 주님!
우리의 모든 필요를 아시오니
영육 간에 필요한 것들을 날마다 채워주시고
우리에게 날마다 일용할 양식을 허락하여 주소서

오, 주님!

우리가 우리에게 죄지은 모든 사람을 용서하게 하시고

우리의 죄를 용서하여 주시고

우리를 시험에 들지 말게 하여 주시기를 원합니다

우리 주 예수 그리스도 이름으로 기도합니다. 아멘!

회개하여 망하지 않게 하소서

실로암에서 망대가 무너져 치어 죽은 열여덟 사람이 예루살렘에 거한 다른 모든 사람보다 죄가 더 있는 줄 아느냐. 너희에게 이르노니 아니라 너희도 만일 회개하지 아니하면 다 이와 같이 망하리라.

† 누가복음 13;4~5

우리와 함께하여 주시는 주님!
우리의 죄를 구주 예수 그리스도 이름으로
회개하여 망하지 않게 하소서

우리의 모든 죄를 낱낱이
구주 예수 그리스도 이름으로
회개하여 용서받게 하시고
구원받게 하소서

우리의 죄를 다 드러내어
구주 예수 그리스도 이름으로
회개하여 주님의 자녀가 되게 하시고
하늘나라 백성이 되게 하소서

우리의 죄를

구주 예수 그리스도 이름으로

회개하여 용서받고 복음을 전하게 하소서

주 예수 그리스도 이름으로 기도합니다. 아멘!

항상 기도하고 낙심하지 않게 하소서

✝

예수께서 그들에게 항상 기도하고 낙심하지 말아야 할 것을 비유로 말씀하여, 이르시되 어떤 도시에 하나님을 두려워하지 않고 사람을 무시하는 한 재판장이 있는데, 그 도시에 한 과부가 있어 자주 그에게 가서 내 원수에 대한 나의 원한을 풀어 주소서 하되, 그가 얼마 동안 듣지 아니하다가 후에 속으로 생각하되 내가 하나님을 두려워하지 않고 사람을 무시하나, 이 과부가 나를 번거롭게 하니 내가 그 원한을 풀어 주리라. 그렇지 않으면 늘 와서 나를 괴롭게 하리라 하였느니라. 주께서 또 이르시되 불의한 재판장이 말한 것을 들으라. 하물며 하나님께서 그 밤낮 부르짖는 택하신 자들의 원한을 풀어 주지 아니하시겠느냐 그들에게 오래 참으시겠느냐. 내가 너희에게 이르노니 속히 그 원한을 풀어 주시리라 그러나 인자가 올 때 세상에서 믿음을 보겠느냐 하시니라.

✝ 누가복음 18;1~8

기도를 들어주시는 주님!
주 예수 그리스도 이름으로 기도하면
언제나 기도를 들으시고 응답하여 주시니 믿음으로
항상 기도하고 낙심하지 않게 하소서

오, 주님!
계속되는 과부의 끈질긴 요구를 재판장이 들어주었듯이
기도하다가 의심하여 중단하지 말고
기도가 응답될 때까지 꾸준히

주 예수 그리스도 이름으로
항상 기도하고 낙심하지 않게 하소서

우리의 마음을 아시는 주님!
과부의 원한도 재판장이 풀어주는데
천지 만물 창조하시고 섭리하시는 하나님 아버지께서
하나님 자녀들의 기도를 분명하고
확실하게 들어주시고 응답하심을 믿고
항상 기도하고 낙심하지 않게 하소서

기도에 응답하여 주시는 주님!
하나님께서 밤낮 부르짖는 택하신 자의
원한 기도를 풀어주심을 믿음으로 믿사오니
항상 인내하며 기도하게 하소서
언제 어디서나 어느 때나
항상 기도하고 낙심하지 않게 하소서
우리 주 예수 그리스도 이름으로 기도합니다. 아멘!

성전이 기도하는 집이 되게 하소서

성전에 들어가사 장사하는 자들을 내쫓으시며, 그들에게 이르시되 내 집은 기도하는 집이 되리라 하였거늘 너희는 강도의 소굴을 만들었도다 하시니라.

† 누가복음 19;45~46

찬양과 영광을 받으시는 주님!
주의 보혈로 세우신
하나님의 몸이 된 교회 거룩한 성전이
기도하는 집이 되게 하소서

구원의 주님!
주의 은혜로 세우신
하나님의 교회 거룩한 성전이
예배와 찬양으로 하나님께 영광을 돌리는
은혜의 집이 되게 하소서

사랑의 주님!
주님의 말씀으로 세우신
하나님의 교회 거룩한 성전이
복음을 설교하고 전하여
구원받는 사람들이 점차로 늘어가는
복음의 집이 되게 하소서

은혜의 주님!
주의 몸으로 세우신
하나님의 교회 거룩한 성전이
주님의 뜻에 합당하게 이루어지는
말씀의 집이 되게 하소서
우리 주 예수 그리스도 이름으로 기도합니다. 아멘!

항상 기도하며 깨어 있게 하소서

너희는 스스로 조심하라 그렇지 않으면 방탕함과 술 취함과 생활의 염려로 마음이 둔하여지고 뜻밖에 그날이 덫과 같이 임하리라. 이날은 온 지구상에 거하는 모든 사람에게 임하리라. 이러므로 너희는 장차 올 이 모든 일을 능히 피하고 인자 앞에 서도록 항상 기도하며 깨어 있으라 하시니라.

구원의 주님!
주님의 이름으로 항상 기도하며 늘 깨어 있게 하여 주소서
우리가 깨어 있지 않으면 죄가 틈을 타서
침입하오니 말씀의 방패로 이겨내게 하소서
매사에 스스로 조심하게 하시고 방탕과 술 취함과 생활의 염려로
마음 둔하여지지 않게 하소서

은혜의 주님!
뜻밖의 죄악의 올무가 닥치지 않게 하시고
죄악의 덫이 갑자기 덮이지 않게 하소서
마지막 날이 홀연히 임할 때를 대비하고 준비하여
항상 기도하며 깨어 있게 하소서

말씀의 주님!
항상 깨어 기도함으로 마지막에 들이닥치는 환난을 피하게 하시고
하늘 백성으로 구원받게 하여 주소서
마지막 날에도 하나님 앞에 온전하게 서도록
항상 기도하며 깨어 있게 하소서

기도를 들어주시는 주님!
방탕함과 술 취함과 생활의 염려로 마음이 둔하여져서
하나님의 뜻과 섭리를 깨닫지 못하는 죄를 범하지 않게 하소서
마지막 때 그날과 그때가 덫과 같이 홀연히 닥칠 때도 이겨내도록
말씀을 늘 상고하며 항상 기도하며 깨어 있게 하여 주소서

마지막 날이 전 세계 모든 사람에게 임할 때도 기도하며
환난을 피하게 하시고 주님 앞에서 항상 기도하게 하여 주소서
우리 주 예수 그리스도 이름으로 기도합니다. 아멘!

유혹에 빠지지 않게 하소서

✝

예수께서 나가사 습관을 따라 감람산에 가시매 제자들도 따라갔더니, 그곳에 이르러 그들에게 이르시되 유혹에 빠지지 않게 기도하라 하시고, 그들을 떠나 돌 던질 만큼 가서 무릎을 꿇고 기도하여, 이르시되 아버지여 만일 아버지의 뜻이거든 이 잔을 내게서 옮기시옵소서 그러나 내 원대로 마시옵고 아버지의 원대로 되기를 원하나이다 하시니, 천사가 하늘로부터 예수께 나타나 힘을 더하더라.

✝ 누가복음 22:39~43

권세의 주님!
우리의 믿음이 강하고 담대하여
말씀으로 무장하고 기도로 무장하여
유혹에 빠지지 않게 하소서

능력의 주님!
물욕의 욕심에 빠져
고통을 받고 시련과 고난에 빠져
절망하지 않게 하소서

사랑의 주님!

욕망의 유혹에 빠져

범죄하고 문란한 죄를 몸과 마음에 지어

타락하지 않게 하소서

말씀의 주님!

권세의 유혹에 빠져

교만하여 주님을 멀리하는

어리석은 권세의 유혹에 빠지지 않게 하소서

우리 주 예수 그리스도 이름으로 기도합니다. 아멘!

하나님의 자녀가 되는 권세를 주소서

참 빛 곧 세상에 와서 각 사람에게 비추는 빛이 있었나니, 그가 세상에 계셨
으며 세상은 그로 말미암아 지은 바 되었으되 세상이 그를 알지 못하였고,
자기 땅에 오매 자기 백성이 영접하지 아니하였으나, 영접하는 자 곧 그 이
름을 믿는 자들에게는 하나님의 자녀가 되는 권세를 주셨으니, 이는 혈통으
로나 육정으로나 사람의 뜻으로 나지 아니하고 오직 하나님께로부터 난 자
들이니라.

† 요한복음 1;9~13

참 빛이 되시는 주님!
구주 예수 그리스도께서 세상을 비추는
참 빛이 되시어 이 땅에 오셔서
각 사람에게 생명의 빛으로 구원의 빛으로
찾아오셔서 빛이 되어 주심을 감사드리게 하소서

창조의 주님!
하나님의 말씀과 손길로 천지 만물을 창조하셨으니
그 놀라우신 섭리와 위대하심을
찬양과 영광을 돌리게 하여 주소서

구원의 주님!

주님께서 몸소 이 땅에 오셔서 구원하려고 하셨으나

자기 백성들이 깨닫지 못하여

영접하지 못한 미련함을 용서하여 주시기를 원합니다

은혜의 주님!

주님을 영접하는 자 주 예수의 이름을 믿는 자는

하나님의 자녀가 되는 권세를 주심을 무한 감사드립니다

하나님의 자녀가 되는 것은

인간적인 혈통과 육적인 것이 아니라

오직 하나님의 섭리이며 은혜이오니 늘 감사하며 살게 하소서

하나님의 자녀가 되는 권세로 하나님의 뜻을 이 땅에 이루며

기쁨과 감동 속에 살게 하소서

우리 주 예수 그리스도 이름으로 기도합니다. 아멘!

주 예수를 믿어 영생을 얻게 하소서

예수께서 대답하시되 진실로 진실로 네게 이르노니 사람이 물과 성령으로 나지 아니하면 하나님의 나라에 들어갈 수 없느니라. 육으로 난 것은 육이요 영으로 난 것은 영이니, 내가 네게 거듭나야 하겠다 하는 말을 놀랍게 여기지 말라. 바람이 임의로 불매 네가 그 소리는 들어도 어디서 와서 어디로 가는지 알지 못하나니 성령으로 난 사람도 다 그러하니라. 니고데모가 대답하여 이르되 어찌 그러한 일이 있을 수 있나이까. 예수께서 그에게 대답하여 이르시되 너는 이스라엘의 선생으로서 이러한 것들을 알지 못하느냐. 진실로 진실로 네게 이르노니 우리는 아는 것을 말하고 본 것을 증언하노라 그러나 너희가 우리의 증언을 받지 아니하는도다. 내가 땅의 일을 말하여도 너희가 믿지 아니하거든 하물며 하늘의 일을 말하면 어떻게 믿겠느냐. 하늘에서 내려온 자 곧 인자 외에는 하늘에 올라간 자가 없느니라. 모세가 광야에서 뱀을 든 것 같이 인자도 들려야 하리니, 이는 그를 믿는 자마다 영생을 얻게 하려 하심이니라.

✝ 요한복음 3;5~15

생명의 주님!
주님의 은혜로 새 생명으로 거듭나
하나님의 나라를 바라볼 수 있음과 은혜로 풍성하여
하나님의 축복을 누리게 하소서
하나님의 나라를 바라보며 기쁘고 감동적인 소망 속에
항상 감사하며 믿음 안에서 행하며 살게 하소서

오, 주님!

오직 성령으로 거듭나야

하나님의 나라에 들어갈 수 있으니 모든 죄를 회개하고

주님의 은혜로 물과 성령으로 거듭나고 구원받아

하나님 나라의 자녀가 되게 하소서

말씀의 주님!

주님이 증언하신 생명의 말씀 구원의 말씀을 믿고 따르게 하시고

죄로부터 해방되어 구원받을 믿음을 갖게 하시고

말씀 속에 마음을 굳게 하여 믿음을 온전히 갖게 하시고

구주 예수 그리스도 구원으로 영생을 누리게 하소서

구원의 주님!

죄에서 구원하여 주시는 구주 예수 그리스도를 믿는 자에게는

영생을 얻게 하여 주시니 주님을 믿고 구원받아 영생을 얻어

하나님 나라의 친 백성이 되게 하소서.

우리 주 예수 그리스도 이름으로 기도합니다. 아멘!

주 예수를 믿는 자는 멸망치 않고 영생을 얻게 하소서

하나님이 세상을 이처럼 사랑하사 독생자를 주셨으니 이는 그를 믿는 자마다 멸망하지 않고 영생을 얻게 하려 하심이라. 하나님이 그 아들을 세상에 보내신 것은 세상을 심판하려 하심이 아니요 그로 말미암아 세상이 구원받게 하려 하심이라. 그를 믿는 자는 심판을 받지 아니할 것이요 믿지 아니하는 자는 하나님의 독생자 이름을 믿지 아니하므로 벌써 심판을 받은 것이니라. 그 정죄는 이것이니 곧 빛이 세상에 왔으되 사람들이 자기 행위가 악하므로 빛보다 어둠을 더 사랑한 것이니라. 악을 행하는 자마다 빛을 미워하여 빛으로 오지 아니하나니 이는 그 행위가 드러날까 함이요. 진리를 따르는 자는 빛으로 오나니 이는 그 행위가 하나님 안에서 행한 것임을 나타내려 함이라 하시니라.

† 요한복음 3;16~21

사랑의 주님!
하나님이 우리를 사랑하여 주시니
하나님이 허락하여 주신 하나님의 아들
독생자 예수 그리스도를 믿어 멸망하지 않고
하늘나라에 들어갈 수 있는 영생을 얻게 하소서

구원의 주님!
하나님이 우리를 구원하시려고
독생자 예수 그리스도를 이 땅에 보내 주셨으니
구주 예수를 믿어 영원한 생명으로

구원을 받아 영생을 얻게 하소서

생명의 주님!
주 예수를 믿는 자는 심판받지 않는다고 하셨으니
주 예수를 믿어 심판받지 않고
구원을 받아 영생을 얻게 하소서

사랑의 주님!
빛의 자녀가 되어 악을 행하지 않게 하시고
행위가 선하고 착하여 믿음의 본이 되어
주님의 뜻을 세상에 나타나게 하시고
주님의 삶을 닮아가며 삶에서 나타내게 하소서

은혜의 주님!
주 예수 그리스도는 진리의 근본이시니
주님의 말씀 진리를 따라 살아가며
삶 속에서 하나님의 진리를 나타내게 하소서
우리 주 예수 그리스도 이름으로 기도합니다. 아멘!

하나님은 영이시니
영과 진리로 예배드리게 하소서

예수께서 이르시되 여자여 내 말을 믿으라 이 산에서도 말고 예루살렘에서도 말고 너희가 아버지께 예배할 때가 이르리라. 너희는 알지 못하는 것을 예배하고 우리는 아는 것을 예배하노니 이는 구원이 유대인에게서 남이라. 아버지께 참되게 예배하는 자들은 영과 진리로 예배할 때가 오나니 곧 이때라 아버지께서는 자기에게 이렇게 예배하는 자들을 찾으시느니라. 하나님은 영이시니 예배하는 자가 영과 진리로 예배할지니라.

† 요한복음 4;21~24

예배를 받으시는 하나님!
하나님 아버지께 예배를 드릴 때 온전한 마음으로
진실을 다하여 예배드림으로
하나님께 영광과 찬양을 드리며
고귀하고 존귀한 예배를 드리게 하여 주소서

영광과 찬양을 받으시기에 합당하신 하나님!
알지 못하는 것을 예배드리는 무지함에서
헛된 예배를 드리지 않게 하여 주시고
영과 진리로 예배드리게 하소서
전지전능하신 하나님께서 예수 그리스도를 통하여
구속하여 주시고 구원하여 주시는 하나님께
온 정성을 다하여 진정으로 예배를 드리게 하여 주소서

하나님 아버지!
하나님께 드리는 예배가 참된 예배 복된 예배
거룩한 은혜의 예배 축복의 예배가 되어
전능하신 하나님께 영과 진리로 드리게 하소서

창조주이신 하나님 아버지!
하나님께 드리는 예배가 하나님은 영이시니
영과 진리로 온전히 예배를 드리게 하여 주소서
우리 주 예수 그리스도 이름으로 기도합니다. 아멘!

예수를 믿는 증거가 되는 성경 말씀을 믿게 하소서

너희가 성경에서 영생을 얻는 줄 생각하고 성경을 연구하거니와 이 성경이 곧 내게 대하여 증언하는 것이니라. 그러나 너희가 영생을 얻기 위하여 내게 오기를 원하지 아니하는도다. 나는 사람에게서 영광을 취하지 아니하노라. 다만 하나님을 사랑하는 것이 너희 속에 없음을 알았노라. 나는 내 아버지의 이름으로 왔으매 너희가 영접하지 아니하나 만일 다른 사람이 자기 이름으로 오면 영접하리라. 너희가 서로 영광을 취하고 유일하신 하나님께로부터 오는 영광은 구하지 아니하니 어찌 나를 믿을 수 있느냐. 내가 너희를 아버지께 고발할까 생각하지 말라 너희를 고발하는 이가 있으니 곧 너희가 바라는 자 모세니라. 모세를 믿었더라면 또 나를 믿었으리니 이는 그가 내게 대하여 기록하였음이라. 그러나 그의 글도 믿지 아니하거든 어찌 내 말을 믿겠느냐 하시니라.

† 요한복음 5;39~47

말씀의 주님!
성경을 보고 읽고 듣고 묵상하고 연구하며
하나님이 허락하여 주시는 영생을 얻기를 원하게 하소서
성경 말씀은 인간의 글이 아니라
천지 만물을 창조하시고 주관하시고 섭리하시는
하나님 아버지의 말씀이오니 말씀을 믿고 따르며
영생 구원을 얻게 하여 주소서

사랑의 주님!

하나님의 놀라우신 사랑이 우리 안에 거하게 하소서

하나님의 사랑이 없으면 하나님이 떠나가시오니

하나님 사랑으로 언제나 함께하여 주소서

소망의 주님!

하나님의 영광을 욕심의 충족을 위하여

함부로 인위적으로 취하지 않게 하시고

하나님의 영광을 온전히 하나님께 돌리게 하소서

구원의 말씀이 되시는 주님!

성경 말씀을 있는 그대로 믿게 하시고

모세와 선지자들이 하나님에 대하여 기록함을 믿게 하소서

성경을 연구하고 상고하여 주 예수 안에서 영생을 얻고

구원의 기쁨이 넘치게 하여 주소서

우리 주 예수 그리스도 이름으로 기도합니다. 아멘!

응답의 주님!
기도할 때마다 무엇을 구하든지
주 예수 이름으로 구하여
응답받는 기도가 되게 하여 주소서

기도를 들어주시는 주님!
기도할 때마다 마음을 열어
진실하게 무엇을 구하든지
주 예수 이름으로 구하여
응답받는 기도가 되게 하여 주소서

...

응답받는 기도가 되게 하여 하소서

응답받는 기도가 되게 하여 하소서 1

내가 진실로 진실로 너희에게 이르노니 너희는 곡하고 애통하겠으나 세상
은 기뻐하리라 너희는 근심하겠으나 너희 근심이 도리어 기쁨이 되리라. 여
자가 해산하게 되면 그때가 이르렀으므로 근심하나 아기를 낳으면 세상에
사람 난 기쁨으로 말미암아 그 고통을 다시 기억하지 아니하느니라.

† 요한복음 16;20~21

응답의 주님!
기도할 때마다 무엇을 구하든지
주 예수 이름으로 구하여
응답받는 기도가 되게 하여 주소서

기도를 들어주시는 주님!
기도할 때마다 마음을 열어
진실하게 무엇을 구하든지
주 예수 이름으로 구하여
응답받는 기도가 되게 하여 주소서

구원의 주님!

아무것도 묻지 않으셔도

마음의 중심을 아시오니

어느 곳에서 언제나 무엇을 구하든지

주 예수 이름으로 구하여

응답받는 기도가 되게 하여 주소서

오, 주님!

우리가 무엇을 구하든지

하나님의 뜻을 이 땅에 이루기 위하여

주 예수 이름으로 구하여

날마다 응답받는 기도 생활을 하게 하소서

우리 주 예수 그리스도 이름으로 기도합니다. 아멘!

응답받는 기도가 되게 하여 하소서 2

지금은 너희가 근심하나 내가 다시 너희를 보리니 너희 마음이 기쁠 것이요 너희 기쁨을 빼앗을 자가 없으리라. 그날에는 너희가 아무것도 내게 묻지 아니하리라 내가 진실로 진실로 너희에게 구하노니 너희가 무엇이든지 아버지께 구하는 것을 내 이름으로 주시리라. 지금까지는 너희가 내 이름으로 구하지 아니하였으나 구하라 그리하면 받으리니 너희 기쁨이 충만하리라.

† 요한복음 16;22~24

오, 주님!
주 안에 있으면 근심이 사라지고
기쁨이 찾아옴을 믿사오니 주여 함께하소서
주님이 주시는 기쁨은 너무나 소중하여
아무도 빼앗을 수 없으니
소중하게 간직하고 나타내게 하소서

오, 주님!
주 예수 그리스도의 이름으로
하나님께 간구하여 응답받게 하여 주심을
무한 감사를 드리오니 받아주소서
하나님 아버지께서 기도를 들어주시고 응답하여 주시고
믿음대로 항상 기도하게 하여 주소서

오, 주님!
이 세상에 어떤 다른 이름으로 구하여도
받지도 얻지도 못하는 것을
주 예수 그리스도 이름으로 응답받게 하심을
감사드리오니 받아주소서

오, 주님!
이 세상을 살아가며 기도할 모든 것을
주 예수 그리스도 이름으로 기도하여 응답받게 하소서
주님을 믿고 언제 어디서나 기도하게 하소서
우리 주 예수 그리스도 이름으로 기도합니다. 아멘!

구주 예수 그리스도를 얻게 하소서

예수께서 이 말씀을 하시고 눈을 들어 하늘을 우러러 이르시되 아버지여 때가 이르렀사오니 아들을 영화롭게 하사 아들로 아버지를 영화롭게 하게 하옵소서. 아버지께서 아들에게 주신 모든 사람에게 영생을 주게 하시려고 만민을 다스리는 권세를 아들에게 주셨음이로소이다. 영생은 곧 유일하신 참하나님과 그가 보내신 자 예수 그리스도를 아는 것이니이다. 아버지께서 내게 하라고 주신 일을 내가 이루어 아버지를 이 세상에서 영화롭게 하였사오니, 아버지여 창세 전에 내가 아버지와 함께 가졌던 영화로써 지금도 아버지와 함께 나를 영화롭게 하옵소서. 세상 중에서 내게 주신 사람들에게 내가 아버지의 이름을 나타내었나이다 그들은 아버지 것이었는데 내게 주셨으며 그들은 아버지의 말씀을 지키었나이다. 그들은 아버지께서 내게 주신 것이 다 아버지로부터 온 것인 줄 알았나이다.

† 요한복음 17;1~7

오, 주님!
하나님 아버지께서 주 예수 그리스도를 주신
모든 삶에 영생을 허락하여 주심을 감사합니다
만민을 다스리는 권세를 주셨음을
알고 믿는 주 안의 삶을 살게 하소서

오, 주님!
죄를 용서받고 죄를 씻김 받고
죄에서 떠나 영생을 얻는 것은

참 하나님과 하나님이 보내신
구주 예수 그리스도를 알고 믿는 것이오니
부르심에 순종하여 따르게 하여 주시고
구주 예수 그리스도를 알게 하여 주소서

오, 주님!
하나님 아버지께서 주 예수 그리스도를 통하여
이 세상을 구원하시고 영화롭게 하셨으니
그 놀라우신 구원의 섭리를 믿고 따르고
찬양과 영광을 돌리오니 받아주소서

오, 주님!
하나님 아버지께서 아들 예수 그리스도를 주신
사람들에게 하나님 이름을 나타내셨음을 감사드립니다
모든 것이 하나님 아버지로부터 왔으니
하나님의 말씀을 지키게 하여 주시고
말씀 속에 구주 예수 그리스도를 알게 하소서
우리 주 예수 그리스도 이름으로 기도합니다. 아멘!

성경을 기록한 목적을 분명히 알게 하소서

예수께서 제자들 앞에서 이 책에 기록되지 아니한 다른 표적도 많이 행하셨으나, 오직 이것을 기록함은 너희로 예수께서 하나님의 아들 그리스도이심을 믿게 하려 함이요 또 너희로 믿고 그 이름을 힘입어 생명을 얻게 하여 함이니라.

† 요한복음 20;30~31

말씀으로 천지를 창조하신 하나님!
하나님께서 성경을 기록하신 목적을 분명히 알게 하소서
하나님께서 성경을 기록하신 이유를 분명히 알게 하소서
하나님께서 성경을 기록하신 뜻을 분명히 알게 하소서
하나님께서 성경을 기록하신 섭리를 분명히 알게 하소서

말씀의 하나님!
하나님께서 성경을 기록하심은 구주 예수 그리스도께서
하나님의 아들 그리스도임을 확실하게 알고 믿게 하심이니
분명하게 믿고 순종하며 따르게 하소서
주 예수 그리스도 이름을 믿고 힘입어
영생을 얻게 하심을 믿고 순종하며 따르게 하소서

말씀이 되신 하나님!
하나님의 말씀인 성경 말씀을
하나님이 주시는 지혜를 통하여 깨닫고 알게 하여 주소서
주 예수께서 이 땅에 오셔서 많은 일을 행하시고
성경으로 기록하심은 하나님의 위대한 섭리와 뜻과
계획이 있음을 아오니 인도하여 주소서

전능하신 하나님!
하나님께서 성경을 기록하심은 우리에게
성경을 통하여 구주 예수 그리스도를 영접하고
구주로 믿게 하심이오니 하나님의 뜻을 따르게 하소서
우리가 주 예수 그리스도 이름으로 힘입어 구원을 얻고
영생을 얻어 하늘나라 백성이 되게 하소서
우리 주 예수 그리스도 이름으로 기도합니다. 아멘!

생명의 길을 보여주사 기쁨이 충만하게 하소서

다윗이 그를 가리켜 이르되 내가 항상 내 앞에 계신 주를 뵈었음이여 나로 요동하지 않게 하기 위하여 그가 내 우편에 계시도다. 그러므로 내 마음이 기뻐하였고 내 혀도 즐거워하였으며 육체도 희망에 거하리니, 이는 내 영혼을 음부에 버리지 아니하시며 주의 거룩한 자로 썩음을 당하지 않게 하실 것임이로다. 주께서 생명의 길로 내게 보이셨으니 주 앞에서 내게 기쁨이 충만하게 하시리로다.

† 사도행전 2;25~28

구원의 주님!
삶 속에서 항상 하나님이 내 앞에 계심을 믿고
언제나 흔들리지 않는 믿음으로 신앙생활을 하며
주님의 모습을 보며 배우고 닮아가게 하소서

생명의 주님!
하나님이 항상 지켜주시고
보호하여 주시고 인도하여 주시니
늘 기쁜 마음으로 믿음 속에서
입술로도 하나님의 신호를 즐겁게 찬양하며
삶의 희망을 갖게 하소서

소망의 주님!

영혼을 음부에 버리지 않으시고

구원받아 천국으로 초대하여 주시고

하늘나라 백성으로 인도하심을 감사를 드립니다

하나님의 백성으로 구원받아

주의 거룩한 자로서 썩음을 당하지 않고

구원받게 하여 주심을 감사드립니다

구원의 주님!

길이요 진리요 생명이신 주님께서

생명의 길을 보여주시고 열어놓으셨으니

믿음으로 담대하게 걸어 나가게 하소서

날마다 주 안에서 구원의 기쁨이 넘치게 하소서

우리 주 예수 그리스도 이름으로 기도합니다. 아멘!

오로지 기도하기에 힘쓰게 하소서

베드로가 이르되 너희가 회개하여 각각 예수 그리스도의 이름으로 세례를 받고 죄 사함을 받으라 그리하면 성령의 선물을 받으리니, 이 약속은 너희와 너희 자녀와 모든 먼 데 사람 곧 주 우리 하나님이 얼마든지 부르시는 자들에게 하신 것이라 하고, 또 여러 말로 확증하며 권하여 이르되 너희가 이 패역한 세대에서 구원받으라 하니, 그 말을 받은 사람들은 세례를 받으매 이 날에 신도의 수가 삼천이나 더하더라. 그들이 사도의 가르침을 받아 서로 교제하고 떡을 떼며 오로지 기도하기를 힘쓰니라.

† 사도행전 2;38~42

구원의 주님!
주 예수 그리스도를 영접하고 회개하여
주 예수 그리스도 이름으로 세례를 받고
주 예수 그리스도 이름으로
죄 사함으로 성령을 충만하게
선물로 받게 하여 주소서

새 생명을 주시는 주님!
구원의 약속은 하나님의 자녀외
모든 사람과 죄인을 부르시는
구원의 초청 자리오니 믿고 따르게 하소서

말씀의 주님!
하나님의 말씀으로 날마다 구원을 확증하며
주 예수 그리스도를 구주로 믿고
시인하고 따르며
이 패역한 세대에서
죄악을 떠나 구원받게 하소서

은혜의 주님!
하나님 생명의 말씀을 받는
사람들의 수를 날마다 더하게 하시며
이 시대에 주의 종들이 전하는 말씀을 듣게 하소서
주의 가르침을 받아 서로
주 안에서 교제를 나누며 떡을 떼며
오로지 기도에 힘쓰게 하여 주소서
우리 주 예수 그리스도 이름으로 기도합니다. 아멘!

죄를 회개하여 죄 없이 함을 받게 하소서

너희가 거룩하고 의로운 이를 거부하고 도리어 살인한 사람을 놓아 주기를 구하여, 생명의 주를 죽였도다 그러나 하나님이 죽은 자 가운데서 그를 살리셨으니 우리가 이 일에 증인이라. 그 이름을 믿으므로 그 이름이 너희가 보고 아는 이 사람을 성하게 하였나니 예수로 말미암아 난 믿음이 너희 모든 사람 앞에서 이같이 완전히 낫게 하였느니라. 형제들아 너희가 알지 못하여서 그리하였으며 너희 관리들도 그리한 줄 아노라. 그러나 하나님이 모든 선지자의 입을 통하여 자기의 그리스도께서 고난받으실 일을 미리 알게 하신 것을 이같이 이루셨느니라.

† 사도행전 3;14~18

용서와 구속의 주님!
하나님께서 선지자의 입을 통하여
구주 예수 그리스도 십자가 고난을
미리 알리시고 행하심을 믿고 따르게 하소서
이 놀라우신 하나님 구속의 섭리를 믿고
말씀대로 순종하며
하나님의 섭리와 뜻을 따르게 하소서

구원의 주님!
하나님 생명의 말씀을 듣고 깨달아
죄를 회개하고 돌이켜

죄 없이 함을 받게 하시고
주 예수 그리스도 이름으로 용서받게 하소서

생명의 주님!
주 앞에서 새롭게 되는 날이 오게 하여 주시고
우리가 저지른 모든 죄를 낱낱이
회개하여 구원받게 하여 주소서
구주 예수 그리스도의 사랑과 은혜 속에서
죄를 회개하여 죄 없이 함을 받게 하소서

오, 주님!
하나님이 우리를 위하여 예정하신
구주 예수 그리스도께서 재림하시는 날
기쁨과 감사로 맞이하도록 준비하고
기다리는 성도가 되게 하여 주소서
우리 주 예수 그리스도 이름으로 기도합니다. 아멘!

주 앞에서 새롭게 하소서

그러므로 너희가 회개하고 돌이켜 너희 죄 없이 함을 받으라 이같이 하면 새롭게 되는 날이 주 앞으로부터 이를 것이요. 또 주께서 너희를 위하여 예정하신 그리스도 곧 예수를 보내시리니, 하나님이 영원 전부터 거룩한 선지자들의 입을 통하여 말씀하신 바 만물을 회복하실 때까지는 하늘이 마땅히 그를 받아 두리라.

† 사도행전 3;19~21

오, 주여!
나의 죄를 모두 회개하오니
주님의 보혈로 깨끗이 씻어 주시고
주님의 은혜로 용서를 받아
죄 없이 함을 받아 주 앞에서 새롭게 하소서

오, 주여!
나의 죄를 낱낱이 고백하오니
하나도 남김없이 받아주시고
주님의 은혜로 용서를 받고
죄 없이 함을 받아 주 앞에서 새롭게 하소서

오, 주여!
나의 죄를 자백하오니
모든 죄를 받아주시고
주님의 은혜로 용서를 받고
죄 없이 함을 받아 주 앞에서 새롭게 하소서

오, 주여!
나의 죄를 몽땅 쏟아내오니
모두 다 드러내어 받아주시고
죄 없이 함을 받아 주 앞에서 새롭게 하소서
우리 주 예수 그리스도 이름으로 기도합니다. 아멘!

주 예수 그리스도만이 구원함을 믿게 하소서

너희와 모든 이스라엘 백성은 알라 너희가 십자가에 못 박고 하나님이 죽은 자 가운데서 살리신 나사렛 예수 그리스도의 이름으로 이 사람이 건강하게 되어 너희 앞에 섰느니라. 이 예수는 너희 건축자들의 버린 돌로서 집 모퉁이의 머릿돌이 되었느니라. 다른 이로서는 구원을 받을 수 없나니 천하 사람 중에 구원을 받을 만한 다른 이름을 우리에게 주신 일이 없음이라 하였더라.

† 사도행전 4;10~12

오 하나님!
우리의 죄 때문에 십자가 못 박히시고
하나님이 죽은 자 가운데서 살리신
나사렛 구주 예수 그리스도 이름으로
구원받게 하심을 믿사오니 이루어 주소서

오 하나님!
구주 예수 그리스도는 건축자들의 버린 돌이었으나
집 모퉁이 머릿돌이 되셨으니
구주 예수 그리스도를 언제나 동행하며
내 마음의 중심에 모시고 살게 하여 주소서

오 하나님!

천하에 어떤 이름으로도 구원받을 수 없으니

구주 예수 그리스도만이 구원의 길로

생명의 길로 인도하여 주시기를 원합니다

오 하나님!

구주 예수 그리스도 이름으로

하나님의 뜻과 섭리를 따르게 하여 주소서

구주 예수 그리스도 이름으로

행함이 있는 믿음으로 열매를 맺게 하여 주소서

우리 주 예수 그리스도 이름으로 기도합니다. 아멘!

생명의 복음을 온전히 전하게 하소서

그때 제자가 더 많아졌는데 헬라파 유대인들이 자기의 과부들이 매일 구제에 빠지므로 히브리파 사람을 원망하니, 열두 사도가 모든 제자를 불러 이르되 우리가 하나님의 말씀을 제쳐 놓고 접대를 일삼는 것이 마땅하지 아니하니, 형제들아 너희 가운데서 성령과 지혜가 충만하여 칭찬받는 사람 일곱을 택하라 우리가 이 일을 그들에게 맡기고, 우리는 오로지 기도하는 일과 말씀 사역에 힘쓰리라.

† 사도행전 6;1~4

오, 주여!
하나님의 종으로 하나님의 자녀로
하늘나라 거룩한 백성으로 인도하심을 감사하며
이 땅에서 하나님의 뜻을 나타내는
통로로 쓰임 받게 하심이니 믿고 따르게 하소서

오, 주여!
하나님의 제자로 선택받아 쓰임 받고
세상일을 도모하고자 함이니
하나님의 사역에 동참하여 은혜로 받은 사명을
잘 감당하며 주님의 이름으로 행하게 하소서

오, 주여!
구제와 봉사를 맡은 일들이 최선을 다하게 하시고
하나님의 종들은 하나님의 복음 사역에 동참하며
하나님의 복음 생명의 복음을 온전히 전하게 하소서

오, 주여!
하나님의 인도에 따라 생명의 복음을 전함으로
하나님의 말씀이 곳곳에서 왕성하게 하시고
복음을 전하는 자들이 날로 늘어나고
주 예수 그리스도 이름으로 구원받는 사람들이
날마다 곳곳에서 늘어나게 하소서
우리 주 예수 그리스도 이름으로 기도합니다. 아멘!

오로지 기도와 말씀 사역에 힘쓰게 하소서

우리는 오로지 기도와 말씀 사역에 힘쓰리라. 온 무리가 이 말을 기뻐하여 믿음과 성령이 충만한 사람 스데반과 또 빌립과 브로고로와 니가노르와 디몬과 바메나와 유대교에 입교했던 안디옥 사람 니골라를 택하여, 사도들 앞에 세우니 사도들이 기도하고 그들에게 안수하니라. 하나님의 말씀이 점점 왕성하여 예루살렘에 있는 제자의 수가 많아지고 허다한 제사장의 무리도 이 도에 복종하니라.

† 사도행전 6;4~7

기도를 들으시는 주님!
세상을 살아가며 아무리 바쁘고 분주하더라도
하나님의 말씀의 묵상함을 멀리하고
구주 예수 그리스도와 교제를
불성실하게 행하지 않게 하소서

우리의 삶이 어떠할지라도
복음 전도와 선교를 위하여
우리는 오로지 기도와 말씀 사역에 힘쓰게 하소서

이 일을 하기 위하여

오로지 기도와 말씀 사역에

온 힘을 다하여 동참하게 하소서

우리 주 예수 그리스도 이름으로 기도합니다. 아멘!

성령 받기를 기도하게 하소서

예루살렘에 있는 사도들이 사마리아도 하나님의 말씀을 받았다 함을 듣고 베드로와 요한을 보내매, 그들이 내려가서 그들을 위하여 성령 받기를 기도하니, 이는 아직 한 사람에게도 성령 내리신 일이 없고 오직 주 예수 그리스도 이름으로 세례만 받을 뿐이더라. 이에 두 사도가 그들에게 안수하매 성령을 받는지라, 시몬이 사도들의 안수로 성령 받는 것을 보고 돈을 드려, 이르되 이 권능을 내게도 주어 누구든지 내가 안수하는 사람은 성령을 받게 하여 주소서 하니, 베드로가 이르되 네가 하나님의 선물을 돈 주고 살 줄로 생각하였으니 네 은과 네가 함께 망할지어다. 하나님 앞에서 네 마음이 바르지 못하니 이 도에는 네가 관계도 없고 분깃될 것도 없느니라.

† 사도행전 8;14~21

구원의 주님!
나약한 몸과 마음으로는 세상을 살아갈 힘이 약하고
늘 부족할 뿐이오니 모든 것을
주님께 의탁하며 살게 하여 주소서

은혜의 주님!
주님께서는 우리의 필요를 아시오니
우리가 주님의 일을 더욱더 온전하게 하여
열매를 맺도록 성령 받기를 기도하게 하시고
기도하여 응답받음으로 성령 충만하게 하소서

오, 주님!
우리가 악함을 회개하고
주님께 용서를 구하게 하여 주소서
우리의 마음에 품은 온갖 못된 것들이 잘못됨을
철저하게 회개함으로 용서를 구하며 기도하게 하시고
기도를 들어주시어 용서하여 주시고 구원하여 주소서

오, 주님!
우리의 본성이 강독이 가득하오니
우리의 본성이 불의에 매일 때도 많으니
주님께 모든 악한 것을 용서받기를 원하오니
들어주시고 응답하여 주시고
다시 악이 임하지 않게 하여 주소서
주님의 성령 받기를 기도하게 하소서
우리 주 예수 그리스도 이름으로 기도합니다. 아멘!

우리의 악함을 회개하게 하소서

그러므로 너의 이 악함을 회개하고 주께 기도하라 혹 마음에 품은 것을 사하여 주시리라. 내가 보니 너는 악독이 가득하며 불의에 매인 바 되었도다. 시몬이 대답하여 이르되 나를 위하여 주께 기도하여 말한 것이 하나도 내게 임하지 않게 하소서 하니라.

† 사도행전 8;22~24

생명을 구원하시는 주님!
하나님의 위대하신 구원의 섭리를 믿고
성령 충만을 얻기 위하여
주 예수 그리스도 이름으로 간절히 기도하게 하소서

구원의 주님!
하나님의 섭리 속에서 행하시는 일을 어리석게
돈으로 계산하거나
하나님의 구원하심을 돈으로 사려고 하는
술수에 빠지거나 다른 생각을 하지 않게 하소서
하나님 앞에서 마음을 바르게 하시고
하나님과의 관계를 바르게 하여 주소서

구원의 주님!
소유하려는 욕심에 무엇이든지 계산부터 하려는
이 악한 마음부터 회개하게 하여 주시고
철저하게 하나님께 기도함으로
마음에 품은 악한 것들을 모두 다
깨끗하게 용서받게 하여 주소서

생명의 주님!
악함과 죄가 됨을 모두 쏟아내어 회개하오니
주님의 이름으로 고백하고 시인하오니
죄악의 응보가 하나도 임하지 않고
주님의 보호하심을 받게 하소서
우리 주 예수 그리스도 이름으로 기도합니다. 아멘!

생명의 복음, 구원의 복음을
온전히 전하게 하소서

여러분이여 어찌하여 이러한 일을 하느냐 우리도 여러분과 같은 성정을 가진 사람이라 여러분에게 복음을 전하는 것은 이런 헛된 일을 버리고 천지와 바다와 그 가운데 만물을 지으시고 살아계신 하나님께로 돌아오게 함이라.

† 사도행전 14;15

구원의 주님!
우리가 구주 예수 그리스도 복음을 듣고
우리가 구주 예수 그리스도 생명 복음을
때를 얻든지 못 얻든지 전하게 하소서

생명의 주님!
복음을 전하는 것은 세상 헛된 일 버리고
천지와 바다와 그 가운데 만물을 지으시고 살아 계신
하나님께로 돌아오게 함이오니
주 예수 그리스도 생명 복음을
힘 있고 바르게 전하는 도구로 사용되게 하여 주소서
우리 주 예수 그리스도 이름으로 기도합니다. 아멘!

교회가 믿음이 굳건해지고
성도의 수가 늘어가게 하소서

여러 성으로 다녀갈 때 예루살렘에 있는 사도와 장로들이 작정한 규례를 그들에게 주어 지키게 하니, 이에 여러 교회가 믿음이 더 굳건해지고 수가 날마다 늘어가느니라.

† 사도행전 16;4~5

구원의 주님!

마지막 때에 믿음을 보겠느냐 하셨으나

우리를 도우시고 인도하여 주사

주님이 보시고 기뻐할 수 있는

반석 위에 세운 믿음을 허락하여 주옵소서

오직 믿음으로

주님의 교회가 이 세상의 어떤 권세도 이겨내도록

믿음이 강하고 굳건해지게 하여 주소서

죄가 만연하고 가득한 세상에서

주님의 교회가 믿음이 굳건하여

주님을 구주로 믿고 따르는 구원받은 성도가

날마다 늘어가게 하여 주소서

우리 주 예수 그리스도 이름으로 기도합니다. 아멘!

주 예수를 믿어 온 가족이 구원받게 하소서

그들을 데리고 나가 이르되 선생들이여 내가 어떻게 하여야 구원을 받으리이까 하거늘, 이르되 주 예수를 믿으라 그리하면 너와 네 집이 구원을 받으리라 하고, 주의 말씀을 그 사람과 그 집에 있는 모든 사람에게 전하더라.

† 사도행전 16;30~32

오, 주님!
온 가족이 함께 공동체가 되어
주 예수를 믿고 믿음의 결국으로 구원받게 하소서
온 가족이 주 예수 이름으로 구원받게 하소서

가족이 하나 된 예수 그리스도 사랑의 울타리 안에서
서로 기도해 주며 한 가족 모두 다 주 예수를 믿고
영접하고 순종하고 따르며 주 안에서
구주 예수를 믿고 구원받게 하소서

생명의 주님!
가족의 구원을 위하여 기도하게 하소서
가족의 믿음을 위하여 기도하게 하소서
우리 가족이 주 예수를 구주로 믿어
온 가족이 구원받아 천국 백성이 되게 하소서

오, 주님!

주님의 뜻대로 행하는 자가

주님의 가족인 줄 아오니

온 가족이 주 예수를 믿고 순종하고 따르며

주님의 뜻대로 행하여

주님의 자녀가 되어

주 예수 이름으로 구원받게 하소서

사랑의 주님!

온 가족이 주님의 십자가 구속의 은혜로 구원받아

온 가족이 주님을 영접하고

주님을 믿고 주님을 따르며 주님의 뜻대로 살아

주 예수 이름으로 구원받게 하소서

우리 주 예수 그리스도 이름으로 기도합니다. 아멘!

하나님의 피로 사신 교회를 보살피게 하소서

여러분은 자기를 위하여 또는 온 양 떼를 위하여 삼가라 성령이 그들 가운데 여러분을 감독자로 삼고 하나님이 자기 피로 사신 교회를 보살피게 하셨느니라. 내가 떠난 후에 사나운 이리가 여러분에게 들어와서 그 양 떼를 아끼지 아니하며, 또한 여러분 중에서도 제자들을 끌어 자기를 따르게 하려고 어그러진 말을 하는 사람들이 일어날 줄을 내가 아노라.

† 사도행전 20;28~30

거룩하신 주님!
예수 그리스도의 거룩하신 보혈로
우리의 죄를 씻어 주시고 구원하여 주셨으니
하나님이 피로 사신 교회를 보살피게 하소서

우리는 영영 구원받을 수 없는
죄인 중의 죄인이었으나
우리에게 주의 거룩하신 이름으로 회개하여
주의 피로 죄 씻김을 받아 구원받고
하늘나라 천국 백성이 되게 하신
주님의 크고 무한하신 사랑에 감사드립니다

주의 거룩한 말씀 위에

주의 거룩한 보혈 위에

주님의 몸이 되신 교회를 세우셨으니

우리가 함께 모여 기도하고 찬양하며

예배드림을 통하여

하나님께 영광을 돌리게 하여 주소서

주 예수 그리스도의 거룩하신 보혈로

죄 씻음을 받고 구원을 받았으니

주의 피로 사신 교회를 보살피게 하여 주소서

주의 피로 사신 교회가

기도와 말씀으로 성장하게 하시고

주님께서 모퉁이 돌 주춧돌이 되어 주셔서

예배드릴 때마다 영광을 받아주시옵소서

우리 주 예수 그리스도 이름으로 기도합니다. 아멘!

주는 것이 받는 것보다 복이 있게 하여 주소서

범사에 여러분에게 모본을 보여준 바와 같이 수고하여 약한 사람들을 돕고 또 주 예수께서 친히 말씀하신 바 주는 것이 받는 것보다 복이 있다 하심을 기억하여야 할지니라. 이 말을 한 후 무릎을 꿇고 그 모든 사람과 함께 기도하니, 다 크게 울며 바울의 목을 안고 입을 맞추고, 다시 그 얼굴을 보지 못하리라 한 말로 말미암아 더욱 근심하고 배에까지 그를 전송하니라.

† 사도행전 20;35~38

모범을 보여주시는 주님!
이 세상을 살아가며 욕망의 노예가 되어
소유와 부에 대하여 지나친 집착을 하지 않게 하소서

오, 주님!
남에게 주는 것이 받는 것보다
큰 복이 되게 하여 주소서
주라 그리하면 흔들고 넘치도록
너희에게 주리라 하신 축복의 말씀 따라
행함이 있는 믿음이 되게 하여 주소서
우리 주 예수 그리스도 이름으로 기도합니다. 아멘!

주 예수 그리스도를 담대하게 거침없이 가르치게 하소서

하나님의 나라를 전파하며 주 예수 그리스도에 관한 모든 것을 담대하게 영접하고, 거침없이 가르치더라.

† 사도행전 28;30~31

생명의 주님!
우리가 하나님의 부르심과 십자가 대속의 죽으심으로
보혈의 피 흘려 죄 씻음 받고
구원받게 하여 주심을 무한 감사드립니다

구원의 주님!
지옥에 가야만 할 목숨이
구주 예수 그리스도의 구속하심으로
영생 구원을 받았으니
이 지상에서 사는 날 동안
하나님의 나라를 전파하게 하소서

구주 예수 그리스도를 담대하게 거침없이
온 세상 사람들에게 가르치게 하여 주소서
우리 주 예수 그리스도 이름으로 기도합니다. 아멘!

하나님 뜻 안에서
좋은 길 얻기를 기도하게 하소서 1

먼저 내가 예수 그리스도로 말미암아 너희 모든 사람에 관하여 내 하나님께 감사함은 너희 믿음이 온 세상에 전파됨이로다. 내가 그의 아들의 복음 안에서 내 심령으로 섬기는 하나님이 나의 증인이 되시거니와 항상 내 기도에 쉬지 않고 너희를 말하며, 어떻게 하든지 이제 하나님의 뜻 안에서 너희에게로 나아갈 좋은 길 얻기를 구하노라.

† 로마서 1;8~10

오. 주님!
주 예수 그리스도로 말미암아 이루어지는
모든 일에 감사하게 하시고
주 예수 그리스도를 믿는 가운데
주님의 사역을 온 세상에 전파하게 하소서

주님이 이 땅에 오심과 십자가 지심과
보혈로 구원하심을 온 세상에 전하게 하소서

오. 주님!
주 예수 생명의 복음 안에서
하나님이 우리의 삶에 증인이 되시니
늘 감사 기도드리며 살게 하여 주소서

오, 주님!
어찌하든지 어떻게 하든지
하나님의 뜻 안에서 좋은 길을 얻어
주 예수를 믿는 삶 속에서
주님의 사역을 온 땅에 전하게 하소서

오, 주님!
주님이 주시는 견고한 은사와 경고한 믿음으로
더욱더 견고하게 하시고
강하고 담대한 믿음으로
주님의 사역을 온 세상에 전하게 하소서

오, 주님!
주 안에서 믿음의 공동체 안에서
서로 안위함을 얻으며
주님의 사역을 온 세상에 전하게 하소서
우리 주 예수 그리스도 이름으로 기도합니다. 아멘!

하나님 뜻 안에서
좋은 길 얻기를 기도하게 하소서 2

내가 너희 보기를 간절히 원하는 것은 어떤 신령한 은사를 너희에게 나누어 주어 너희를 견고하게 하려 함이니, 이는 곧 내가 너희 가운데서 너희와 나의 믿음으로 말미암아 피차 안위함을 얻으려 함이라.

† 로마서 1;11~12

오, 주님!
우리의 믿음이 온 세상에 전파되도록
생명력 있는 믿음이 되도록
날마다 인도하여 주시기를 원합니다

오, 주님!
우리의 구원자이신 구주 예수 그리스도 복음 안에서
하나님을 따르고 섬기기를 원하오니
하나님이 살아 있는 증인이 되어 주시기를 원합니다

오, 주님!
늘 항상 깨어서 기도하며 주님의 인도하심과
주님의 도우심을 받으며
구주 예수 그리스도를 믿는 삶을 살게 하여 주소서

오, 주님!
우리의 삶이 어떠하든지 간에
하나님 뜻 안에서 길이요 진리요 생명이신
주님의 인도하심에 따라서 좋은 길 얻기를 기도하고
따르며 믿음 안에서 살아가게 하여 주소서
우리 주 예수 그리스도 이름으로 기도합니다. 아멘!

오직 믿음으로 말미암아 살게 하소서

생명의 주님!
믿음의 결국은 구원이라 하셨으니
믿음의 삶을 살아가며 구원받고
성령의 열매를 맺는 성도의 삶을 살게 하소서

하나님의 사역을 온전히 감당하기 위하여
돕는 이들에게 빚진 자이오니
그들을 위하여 항상 기도하게 하여 주소서

말씀의 주님!
하나님의 말씀은 창조의 말씀이요
하나님의 말씀은 구원의 말씀이요
하나님의 말씀은 생명의 말씀이오니
복음을 부끄러워하지 말고 담대하게 전하게 하소서

은혜의 주님!

언제 어디서나 복음 사명을 잘 감당하여

구주 예수 그리스도 생명의 복음을 전하게 하소서

구원을 베푸시는 하나님의 능력이오니

믿고 따르고 전하게 하소서

진리의 주님!

복음에는 하나님의 의가 나타나서

믿음에서 믿음으로 이루게 하시고

오직 의인은 믿음으로 말미암아

살게 하시니 믿고 따르게 하소서

주 예수 그리스도 이름으로 기도합니다. 아멘!

죄로부터 해방되어 의롭게 살게 하소서

그런즉 어찌하리요 우리가 법 아래에 있지 아니하고 은혜 아래 있으니 죄를 지으리요 그럴 수 없느니라. 너희 자신을 종으로 내주어 누구에게 순종하든 지 그 순종함을 받는 자는 종이 되는 줄 너희가 알지 못하느냐 혹은 죄의 종 으로 사망에 이르고 혹은 순종의 종으로 의에 이르느니라. 하나님께 감사하 리로다 너희가 본래 죄의 종이더니 너희에게 전하여 준 바 교훈의 본을 마 음으로 순종하여, 죄로부터 해방되어 의에게 종이 되었느니라.

† 로마서 6;15~18

오, 주님!
우리가 법 아래 있지 아니하고
구주 예수 그리스도의 은혜 안에 있음을 믿으니
죄인이 되어 죄를 지으며 살지 않게 하여 주소서
오직 주님을 닮아가며 날마다 믿음이
성장하는 성도의 삶을 살게 하소서

오, 주님!
우리는 주님의 종이오니 주님의 인도하심에 따라
동행하는 삶을 살게 하여 주시고
늘 항상 구주 예수 그리스도께
순종하는 믿음으로 살게 하소서

죄의 종으로 사망에 이르지 않게 하여 주시고
순종의 종으로 의에 이르게 하여 주소서

오, 주님!
하나님께 감사의 기도를 드리게 하여 주시고
하나님께 신령과 진정으로 온전한 예배를 드리며
온 마음으로 헌신하며 하나님의 뜻과 섭리를
생명의 복음으로 전하며 살게 하여 주소서
아무도 우리를 주 예수 그리스도의
구원의 사랑에서 끊을 수 없게 하여 주소서

오, 주님!
우리가 죄 속에 살며 죄를 지으며 살아가는
죄인으로 죄의 종이었으나
하나님 말씀의 교훈을 본받아
죄로부터 해방이 되어 의의 종이 되게 하소서
우리 주 예수 그리스도 이름으로 기도합니다. 아멘!

사망의 몸에서 건져내어 주소서

내가 원하는 바 선을 행하지 아니하고 도리어 원하지 않는 악을 행하는도다. 만일 내가 원하지 아니하는 그것을 하면 이를 행하는 자는 내가 아니요 내 속에 거하는 죄니라. 그러므로 내가 한 법을 깨달았노니 곧 선을 행하기 원하는 나에게 악이 함께 있는 것이로다. 내 속사람으로는 하나님의 법을 즐거워하되, 내 지체 속에서 한 다른 법이 내 마음의 법과 싸워 내 지체 속에 있는 죄의 법으로 나를 사로잡는 것을 보는도다. 오호라 나는 곤고한 사람이로다 이 사망의 몸에서 누가 나를 건져내랴. 우리 주 예수 그리스도로 말미암아 하나님께 감사하리로다 그런즉 내 자신이 마음으로는 하나님의 법을 육신으로는 죄의 법을 섬기노라.

† 로마서 7;19~25

오, 주님!
주님 안에서 살기 위하여 원하는 바 선을 행하지 못하고
도리어 원하지 않는 악을 행함을 용서하여 주소서
모든 것 중에 모든 것이 되시고
길이요 진리요 생명이 되시는 주님께서 인도하여 주소서

오, 주님!
내가 원하지 않는 것을 행하는 것은 행하는 자가 내가 아니요
내 속에 거하는 죄이니 인도하여 주셔서
모든 죄를 주님의 거룩한 속죄의 보혈로 씻어주셔서

죄를 먼저 행하지 않게 하여 주시고 주님의 의를 행하게 하소서

오, 주님!
우리를 깨닫게 하여 주심을 감사하게 하시고
선을 행하기 위하여 내가 악과 함께 있어 죄를 지으니
하루 빨리 죄를 떠나 주 안에서 살게 하여 주소서

속사람으로는 하나님의 법을 즐거워하면서
내 몸에서 다른 법이 내 마음의 법과 싸워
죄의 법으로 사로잡으니 용서하여 주시고 구원하여 주소서

오, 주님!
내 자신이 마음으로는 하나님의 법을
육신으로는 죄의 법을 섬기니 나는 곤고한 사람이라
이 사망의 몸에서 누가 나를 건져주겠나이까
오직 주 예수 그리스도만이
나를 구원으로 인도하여 주시니
주여 나를 구원하여 주소서
우리 주 예수 그리스도 이름으로 기도합니다. 아멘!

사망의 법에서 해방하여 주소서

그러므로 이제 그리스도 예수 안에 있는 자는 결코 정죄함이 없나니, 이는 그리스도 예수 안에 있는 성령의 법이 죄와 사망의 법에서 너를 해방하였음이라. 율법이 육신으로 말미암아 연약하여 할 수 없는 그것을 하나님은 하시나니 곧 죄로 말미암아 자기 아들을 죄 있는 육신의 모양으로 보내어 육신에 죄를 정하사, 육신을 따르지 않고 그 영을 따라 행하는 우리에게 율법의 요구가 이루어지게 하려 하심이니라.

† 로마서 8;1~4

구원의 주님!
주 예수 그리스도 안에서 죄를 용서받아
정죄하지 않게 하심을 믿고 따르고 범사에 감사하게 하소서

구주 예수 그리스도 안에 있는 성령의 법이
죄와 사망의 법에서 해방시켜 주심을 감사드리고
찬양과 경배를 드리오니 받아주소서

오, 주님!
율법 속에 있는 육신으로는 절대로
죄에서 벗어날 수 없음을 깨닫게 하여 주소서
하나님이 모든 것을 아시고 하나님의 아들 구주 예수 그리스도
사람의 모양으로 보내주셔서

모든 죄를 홀로 담당하게 해주시고 구속해 주심 감사드립니다

이 모든 것이 율법의 요구를 따르고

율법의 완성이오니 그 놀라운 구속의 사랑과

하나님의 구원하심이 온전하시고 완전하심을 감사드립니다

오, 주님!

육신을 따르지 않고 진리의 영을 따라 살게 하시고

육신의 생각은 사명이고 영의 시작은 평안이 되게 하소서

육신 속에 육신을 따라 살지 않고

영 속에서 영의 인도에 따라 살게 하여 주소서

오, 주님!

육신의 생각은 하나님과 원수가 되게 하오니

하나님의 법에 굴복하지 않고 불순종하는 죄를 범하지 않게 하소서

예수께서 우리 안에 계시니 죄는 죽고 영은 살게 하시고

예수께서 우리 안에 계시면

죽은 자 가운데서 살아나신 구주 예수 그리스도께서

우리도 구원하여 주시고 살려주심을 믿습니다

우리 주 예수 그리스도 이름으로 기도합니다. 아멘!

성도들을 위하여 기도하게 하소서

이와 같이 성령도 우리의 연약함을 도우시나니 우리는 마땅히 기도할 바를 알지 못하나 오직 성령이 말할 수 없는 탄식으로 우리를 위하여 친히 간구하시니라. 마음을 살피시는 이가 성령의 생각을 아시나니 이는 성령이 하나님의 뜻대로 성도를 위하여 간구하심이라. 우리가 알거니와 하나님을 사랑하는 자 곧 그의 뜻대로 부르심을 입은 자들에게는 모든 것이 합력하여 선을 이루리라. 하나님이 미리 아신 자들을 또한 그 아들의 형상을 본받게 하기 위하여 미리 정하셨으니 이는 그로 많은 형제 중에서 맏아들이 되게 하려 하심이니라. 또 미리 정하신 그들을 또한 부르시고 부르신 그들을 또한 의롭다 하시고 의롭다 하신 그들을 영화롭게 하셨느니라.

† 로마서 8;26~30

기도를 들으시는 주님!
성령께서 연약함을 도우심을 믿고 의지하게 하시고
우리가 때때로 기도할 때도
마땅히 기도할 것을 알지 못할 때도
오직 성령께서 말할 수 없는 탄식으로
친히 간구하여 주심을 믿고 기도하게 하소서

구원의 주님!
성령께서 우리 마음을 살펴주시고
성령의 생각대로 성령의 뜻대로

성도들을 위하여 간구하도록 인도하여 주셔서
성도들의 믿음이 살아나고 강하고 담대한 믿음으로
주님의 말씀을 전하고 증거하며
전도와 선교의 사명을 잘 감당하게 하여 주소서

은혜의 주님!
우리가 알고 깨닫게 하여 주셨으니
하나님이 사랑하여 주시고
하나님의 뜻대로 부르심을 입은 사람들에게
모든 것이 합력하여 선을 이루게 하심을
믿사오니 그대로 인도하여 주소서

오. 주님!
하나님이 미리 아신 자들과 또한
주 예수 그리스도 형상을 본받게 하기 위하여 미리 정하시고
주 예수 그리스도를 맏아들이 되게 하심을 믿게 하여 주소서
하나님께서 미리 정하시고 부르시고 의롭다 하신 이들을
영화롭게 하여 주심을 믿습니다.
우리 주 예수 그리스도 이름으로 기도합니다. 아멘!

주의 이름을 입으로 시인하고
마음으로 믿어 구원받게 하소서

네가 만일 네 입으로 예수를 주로 시인하며 또 하나님께서 그를 죽은 자 가운데서 살리신 것을 네 마음에 믿으면 구원을 받으리라. 사람이 마음으로 믿어 의에 이르고 입으로 시인하여 구원에 이르느니라.

† 로마서 10;9~10

구원의 주님!
주 예수 그리스도께서 오셔서
죄를 사하여 주시고 구주가 되심을
입으로 시인하고 고백하게 하소서

말씀의 주님!
주 예수 그리스도를 믿음으로 영접하고
마음으로 온전히 믿게 하시고
예수 그리스도께서 구주이심을 확신하며
마음에 믿어 구원받게 하소서

오, 주님!
주를 믿는 믿음이 흔들림 없고 변함 없이
강하고 담대한 믿음으로
주 예수 그리스도가 구주가 되심을
입으로 시인하고 고백하게 하소서

오, 주님!
악한 마음과 죄된 마음을 모두 다
주님의 이름으로 기도하여 용서받게 하시고
주 예수의 보혈로 죄 씻김을 받게 하소서

주 예수 그리스도를 온전히 마음으로 믿어
구원받음을 확신하며 구주를 마음으로 믿어
영과 육이 온전히 구원받게 하소서
우리 주 예수 그리스도 이름으로 기도합니다. 아멘!

하나님의 부르심에 후회가 없게 하소서

하나님의 은사와 부르심에는 후회하심이 없느니라. 너희가 전에는 하나님께 순종하지 아니하더니 이스라엘이 순종하지 아니함으로 이제 긍휼을 입었느니라. 이와 같이 이 사람들이 순종하지 아니하니 이는 너희에게 베푸시는 긍휼로 이제 그들도 긍휼을 얻게 하려 하심이라. 하나님이 모든 사람을 순종하지 아니하는 가운데 가두어 두심은 모든 사람에게 긍휼을 베풀려 하심이로다. 깊도다 하나님의 지혜와 지식의 풍성함이여, 그의 판단은 헤아리지 못할 것이며 그의 길은 찾지 못할 것이로다. 누가 주의 마음을 알았느냐 누가 그이 모사가 되었느냐. 누가 먼저 드려서 갚으심을 받겠느냐. 이는 만물이 주에게서 나오고 주로 말미암고 주에게로 돌아감이라 그에게 영광이 세세에 있을지어다.

† 로마서 11;29~36

은사를 주시는 주님!
하나님이 주시는 은사가 각각 다르고
하나님의 부르심에는 후회가 없으시니
모든 것이 하나님 앞에 바로 되어
성장하는 믿음을 갖게 하소서

오 주님!
순종이 제사보다 낫다고 하셨으니
하나님의 말씀대로 순종하는 믿음을 갖게 하시고
순종하며 생활하고 순종하며 따르게 하여 주소서

만물을 주관하시는 주님!

인간의 지혜는 부족하오나

하나님의 섭리하심을 순종하며 따르게 하시고

주의 이름으로 구원받게 하여 주소서

은사의 주님!

하나님의 은사와 부르심에는

아무런 후회가 없사오니 믿고 따르며

확신하는 믿음 속에 하나님의 말씀 속에

언제나 순종하는 삶을 살게 하소서

우리 주 예수 그리스도 이름으로 기도합니다. 아멘!

하나님께 영적인 예배를 드리게 하소서

그러므로 형제들아 내가 하나님의 모든 자비하심으로 너희를 권하노니 너희 몸을 하나님이 기뻐하시는 거룩한 산 제물로 드리라 이는 너희가 드릴 영적 예배니라. 너희는 이 세대를 본받지 말고 오직 마음을 새롭게 함으로 변화를 받아 하나님의 선하시고 기뻐하시고 온전하신 뜻이 무엇인지 분별하도록 하라.

† 로마서 12;1~2

구원의 주님!
하나님의 뜻을 분별하며
새로운 믿음으로 살게 하여 주시고
하나님께 영적인 예배를 드리게 하여 주소서

몸과 마음을 하나님이 기뻐하시는
영적 예배로 드리게 하여 주소서

오. 주님!
이 세대를 본받지 않게 하여 주시고
오직 마음을 새롭게 함으로 변화를 받게 하소서

하나님의 나라는 말에 있지 않고
능력이 있음을 믿게 하여 주소서

오, 주님!
하나님을 사랑하면 하나님이 알아주심을
믿고 순종하며 따르게 하여 주소서

하나님의 선하시고 기뻐하시고 온전하신 뜻이
무엇인지를 분별할 수 있는 능력을 주소서
우리 주 예수 그리스도 이름으로 기도합니다. 아멘!

소망 중에 즐거워하며 환난 중에 참으며 기도에 항상 힘쓰게 하소서

내게 주신 은혜로 말미암아 너희 각 사람에게 말하노니 마땅히 생각할 그 이상의 생각을 품지 말고 오직 하나님께서 각 사람에게 나누어 주신 믿음의 분량대로 지혜롭게 생각하라. 우리가 한 몸에 많은 지체를 가졌으나 모든 지체가 같은 기능을 가진 것이 아니니, 이와 같이 우리 많은 사람이 그리스도 안에서 한 몸이 되어 서로 지체가 되었느니라 혹 섬기는 일이면 섬기는 일로, 혹 가르치는 자면 가르치는 일도, 구제하는 자는 성실함으로, 다스리는 자는 부지런함으로, 긍휼을 베푸는 자는 즐거움으로 할 것이니라. 사랑에는 거짓이 없나니 악을 미워하고 선에 속하라. 형제를 사랑하여 서로 우애하고 존경하기를 서로 먼저하며, 부지런하여 게으르지 말고 열심을 품고 주를 섬기라. 소망 중에 즐거워하며 환난 중에 참으며 기도에 항상 힘쓰며, 성도들의 쓸 것을 공급하며 손 대접하기를 힘쓰라.

† 로마서 12;3~13

오, 주님!

하나님의 부르심에는 후회가 없으시니

하나님의 은혜로 살게 하시고

마땅하게 생각할 이상의 생각으로

헛된 일을 도모하지 않게 하여 주소서

하나님의 손길로 나누어주신

믿음의 분량대로 지혜롭게 살게 하여 주소서

축복의 주님!
한 몸에 많은 지체를 가졌고
모든 지체가 같은 기능을 가진 것이 아니니
구주 예수 그리스도 안에서 한 몸이 되어
주 안에서 하나 된 지체가 되게 하소서

사랑의 주님!
하나님의 사랑에는 거짓이 없으니
악을 미워하고 선하게 살게 하시고
형제들을 사랑하며 서로 우애하고 존경하기를
서로 먼저 하게 하여 주소서
매사에 부지런하여 게으르지 않고
열심으로 주를 섬기게 하여 주소서

구원의 주님!
하나님의 은혜 속에 날마다 소망 중에 즐거워하며
환난 중에 참으며 기도에 항상 힘쓰며
성도들의 쓸 것을 공급하며 손 대접하기를 힘쓰게 하소서
우리 주 예수 그리스도 이름으로 기도합니다. 아멘!

사랑이 율법의 완성임을 알게 하소서

피차 사랑의 빚 외에는 아무에게든지 아무 빚도 지지 말라. 남을 사랑하는 자는 율법을 다 이루었느니라 간음하지 말라, 살인하지 말라, 도둑질하지 말라. 탐내지 말라 한 것과 그 외에 다른 계명이 있을지라도 네 이웃을 네 자신과 같이 사랑하라 하신 그 말씀 가운데 다 들었느니라. 사람은 이웃에게 악을 행하지 아니하나니 사랑은 율법의 완성이니라.

† 로마서 13;8~10

사랑의 주님!
사랑의 빚 외에는
아무에게도 누구에게도
아무 빚도 지지 않게 하여 주소서

남을 내 몸처럼 사랑하여
율법을 다 이루어 가는 사랑의 비밀을
깨달아 알게 하여 주시기를 원합니다.

간음하지 않게 하소서
살인하지 않게 하소서
도둑질하지 않게 하소서
탐내지 않게 하소서

주님이 우리를 사랑하셨으니
우리도 내 이웃을
내 몸처럼 사랑하게 하소서

하나님의 말씀은 사랑이오니
하나님의 말씀 속에 사랑을
이웃에게 나타내며 살게 하여 주소서

이웃에게 악을 행하지 않게 하시고
오직 선함과 진실함으로
주님의 자녀답게 살게 하소서

주님의 사랑 속에 살며
주님의 사랑을 나타내며
주님의 사랑을 본받아
사랑으로 율법의 완성을 이루게 하소서
우리 주 예수 그리스도 이름으로 기도합니다. 아멘!

예수 그리스도 십자가가 헛되지 않게 하소서

그리스도께서 나를 보내심은 세례를 베풀게 하려 하심이 아니요 오직 복음
을 전하게 하려 하심이로되 말의 지혜로 하지 아니함은 그리스도의 십자가
가 헛되지 않게 하려 하심이라. 십자가의 도가 멸망하는 자들에게는 미련한
것이요 구원을 받는 우리에게는 하나님의 능력이라.

† 고린도 전서 1;17~18

십자가 보혈로 구원하신 주님!
이 땅에 복음이 온전하게 전파되어
주 예수 그리스도 십자가 죽음이 헛되지 않게 하소서
이 땅의 사람들에게 구원의 복음이 전파되어
주 예수 그리스도 십자가 죽음이 헛되지 않게 하소서

사랑의 주님!
구주 예수께서 십자가에 몸소 달리사 십자가에 못 박혀
십자가의 보혈로 모든 죄를 씻어 주시고
십자가의 보혈로 구원하여 주시니
주 예수 그리스도 십자가 죽음이 헛되지 않게 하소서
우리에게 주 예수 그리스도의 날에
책망할 것 없는 믿음과 행동을 하게 하여 주소서

구원의 주님!

주 예수 그리스도 십자가 도가 죄악으로 멸망하는 자들에게는

미련하고 아무것도 아닌 것 같으나 진리요 생명이오니 믿게 하소서

하나님의 말씀을 믿고 순종하며 따르는

성도들에게는 예수 그리스도 십자가 도가

생명의 말씀이요 구원의 말씀이요 진리의 말씀이오니

주 예수 그리스도 십자가 죽음이 헛되지 않게 하소서

사랑의 주님!

하나님의 독생자 예수 그리스도께서

십자가에 죽으심으로 죄를 대속하여 주사

구원받게 하여 주셨으니 항상 무한 감사하며

십자가의 도를 믿음으로 믿으며 살게 하시고

십자가의 복음으로 구원받아 살게 하소서

우리 주 예수 그리스도 이름으로 기도합니다. 아멘!

주의 십자가의 도를 깨닫게 하소서

내가 지혜가 있는 자들의 지혜를 멸하고 총명한 자들의 총명을 폐하리라 하였으니, 지혜 있는 자가 어디 있느냐 선비가 어디 있느냐 이 세대의 변론가가 어디 있느냐 하나님께서 이 세상의 지혜를 미련하게 하신 것이 아니냐. 하나님의 지혜에 있어서는 이 세상이 자기 지혜로 하나님을 알지 못하므로 하나님께서 전도의 미련한 것으로 믿는 자들을 구원하시기를 기뻐하셨도다.

† 고린도 전서 1;19~21

하나님의 능력과 지혜가 충만하신 주님!
죄악에서 구원하여 주신 구속의 은혜인
주 예수 그리스도 십자가의 도를 깨달아 알게 하소서
십자가의 도가 멸망하는 자에는 미련한 것이요
구원받은 이들에게는 하나님의 능력이오니
십자가의 도를 깨달아 알게 하소서

오, 주님!
지혜가 있다고 하는 자는 지혜로 망하고
세상 속에 총명 있는 자들의 총명을 폐한다고 하셨으니
세상의 지혜와 총명으로 살지 않게 하소서
하나님 말씀의 지혜와 지식으로 구원받게 하소서

말씀이신 주님!

자기의 지혜로는 하나님의 놀라우신

구속의 섭리를 전혀 알 수 없으니

하나님이 주시는 지혜로 깨달아 알게 하시고

하나님께서 전도를 통하여

주를 믿는 자들을 구원하심을 믿고 따르게 하소서

지혜의 주님!

하나님 말씀 속에서 하나님 구속을 깨닫게 하시고

하나님 말씀 속에서 주의 십자가의 도를 깨닫게 하여 주소서

내 몸을 쳐서 주 앞에 복종하여 십자가 중심으로

주님의 십자가를 전하며 살게 하소서

우리 주 예수 그리스도 이름으로 기도합니다. 아멘!

예수 그리스도의 일꾼으로 충성하게 하소서

사람이 마땅히 우리를 그리스도의 일꾼이요 하나님의 비밀을 맡은 자로 여길지어다. 그리고 맡은 자들에게 구할 것은 충성이니라. 너희에게나 다른 사람에게나 판단받는 것이 내게는 매우 작은 일이라 나도 나를 판단하지 아니하도다. 내가 자책할 아무것도 깨닫지 못하나 이로 말미암아 의롭다 함을 얻지 못하노라 다만 나를 심판하실 이는 주이시니라. 그러므로 때가 이르기 전 곧 주께서 오시기까지 아무것도 판단하지 말라 그가 어둠에 감추인 것을 드러내고 마음의 뜻을 나타내시리니 그때 각 사람에게 하나님으로부터 칭찬이 있으리라.

† 고린도 전서 4;1~5

권능의 주님!
하나님의 자녀답게 복음을 전하는
예수 그리스도의 일꾼이 되어
맡은 자의 구할 것은 충성이라고 하셨으니
예수 그리스도의 일꾼으로 충성하게 하소서

사랑의 주님!
남에 대한 일이 작거나 크거나
함부로 간섭하거나 판단하거나
비판하지 않게 하여 주시고

스스로 먼저 자기 삶부터 돌아보고
먼저 깨닫고 살아가게 하여 주소서

은혜의 주님!
스스로 자책하는 것은 아무것도 깨닫지 못하게 하고
스스로 자책하는 것은 아무것도 해결하지 못하니
모든 것을 주님께 의지하여 살아가며
의롭다 하심을 믿게 하소서

능력의 주님!
하나님 앞에 모든 것을 드릴 날이 올 것이니
어둠 속에 감춘 것들도 드러날 것이고
마음속의 뜻도 아시고 생각도 아시오니
늘 부족하더라도 주님을 믿고 순종하며 따르며
칭찬받는 삶을 살아가게 하소서
우리 주 예수 그리스도 이름으로 기도합니다. 아멘!

복음을 전하는 자는 복음으로 살게 하소서

주께서도 복음 전하는 자들이 복음으로 말미암아 살리라 명하셨느니라. 그러나 내가 이것을 하나도 쓰지 아니하였고 또 이 말을 쓰는 것은 내게 이같이 하여 달라는 것이 아니라 내가 차라리 죽을지언정 누구든지 내 자랑하는 것을 헛된 데로 돌리지 못하게 하리라.

† 고린도 전서 9;14~15

복음이 되시는 주님!
주님의 생명 복음으로 구원받고
믿음을 갖고 새 생명을 얻었으니
복음을 전하는 자는 복음 안에서 살게 하소서

우리의 믿음이 사람의 지혜가 아니라
하나님의 능력에 있게 하시고 믿음으로 서게 하시고
하나님께 더욱더 큰 은사를 사모하며
가장 좋은 길로 인도받게 하여 주소서

구원의 주님!
세계 곳곳에 있는 교회들을 인도하여 주시고
복음을 전하는 주의 종들이
하나님의 말씀을 선포할 때마다

살아 계신 하나님의 말씀을 듣고 회개하여
구원받는 사람들이 날마다 늘어나게 하소서

생명의 주님!
세계 곳곳에 있는 선교사들과 선교 기관들을 통하여
복음이 전하여질 때마다
복음을 듣고 복음으로 사는 자들이 늘어나게 하소서

진리의 주님!
전 세계 모든 나라의 성서공회들이
성경을 배포할 때마다
성경을 보고 읽는 자들이 어느 곳이든지
하나님의 말씀이 끌림을 받아 죄를 깨닫고
회개하여 구원받게 하소서.
우리 주 예수 그리스도 이름으로 기도합니다. 아멘!

주의 은사를 허락하여 주소서

은사는 여러 가지나 성령은 같고, 직분은 여러 가지나 주는 같으며, 또 사역은 여러 가지나 모든 것을 모든 사람 가운데서 이루시는 하나님은 같으니, 각 사람에게 성령을 나타내심은 유익하게 하려 하심이라, 어떤 사람에게는 성령으로 말미암아 지혜의 말씀을, 어떤 사람에게는 같은 성령을 따라 지식의 말씀을, 다른 사람에게는 같은 성령으로 믿음을, 어떤 한 성령으로 병 고치는 은사를, 어떤 사람에게는 능력 행함을, 어떤 사람에게는 예언함을, 어떤 사람에게는 영들 분별함을 다른 사람에게는 각종 방언 말함을, 어떤 사람에게는 방언들 통역함을 주시나니. 이 모든 일은 같은 성령이 행하사 그의 뜻대로 각 사람에게 나누어 주시는 것이라.

† 고린도 전서 12;4~11

은사를 주시는 주님!
주의 은사를 허락하여 주소서
주의 복음 사역은 여러 가지일지라도
모든 것 속에 모든 것을 합력하여 이루시는 분은
오직 하나님이시니 성령을 통하여
유일함을 나타내어 부어주심을 감사드립니다

은혜의 주님!
성령의 은혜로 지혜의 말씀을 허락하여 주소서

성령의 은혜로 지식의 말씀을 허락하여 주소서
성령의 은혜로 믿음에 이르도록 믿음을 허락하여 주소서

오, 주님!
성령의 은혜로 예언함을, 영들을 분별함을, 각종 방언 말함을
방언 통역함을 주의 은사로 허락하여 주소서

구원의 주님!
우리의 마음에 눌림과 걱정으로 근심하지 않게 하시고
하나님의 말씀을 마음 판에 새겨주소서
이 모든 일을 성령으로 이루어 놓으시고
하나님의 뜻대로 각 사람에게 베풀고 나누어 주시는
은혜와 축복임을 믿고 받아들이게 하소서
우리 주 예수 그리스도 이름으로 기도합니다. 아멘!

구주 예수 그리스도 안에서 온전하게 하소서

✝ ....

그리스도의 고난이 우리에게 넘친 것 같이 우리가 받는 위로도 그리스도로 말미암아 넘치는도다. 우리가 환난을 당하는 것도 너희가 위로와 구원을 받게 하려 함이요 우리가 위로를 받는 것도 너희가 위로를 받게 하려는 것이니 이 위로가 너의 속에서 역사하여 우리가 받는 것 같은 고난을 너희도 견디게 하느니라. 너희를 위한 우리의 소망이 견고함은 너희가 고난에 참여하는 자가 된 것같이 위로도 그러할 줄 앎이라. 형제들아 우리가 아시아에서 당한 환난을 너희가 모르기를 원하지 아니하노니 힘에 겹도록 심한 고난을 당하여 살 소망까지 끊어지고, 우리는 우리 자신이 사형 선고를 받은 줄 알았더니 이는 우리로 자기를 의지하지 말고 오직 죽은 자를 다시 살리시는 하나님만 의지하게 하심이라.

✝ 고린도 후서 1;5~9

오, 주님!
우리가 믿음 안에서 살고 있는지
자신을 시험하고 자신을 확증할
강하고 담대한 믿음을 주시기를 간절히 원합니다
구주 예수 그리스도께서 우리 안에 거하심을 믿게 하시고
절대로 버림받지 않게 하여 주소서

오, 주님!
악을 조심하고 함부로 청하지 않게 하여 주시고
우리가 옳은 자임을 나타내도록
착하고 선한 일을 행하며 살게 하여 주소서

오, 주님!
진리이신 구주 예수 그리스도를 믿게 하여 주시고
따르게 하시고 순종하게 하시어
우리가 진리를 거슬러 아무것도 할 수 없음을
깨달아 알게 하시고 오직 진리 안에서 살게 하소서

오, 주님!
우리가 약할 때 강하게 하여 주심을
굳게 믿으며 기도하고 간구함으로
주 안에서 온전하게 하소서
우리 주 예수 그리스도 이름으로 기도합니다. 아멘!

기도로 얻은 은사를 감사하게 하소서

우리는 우리 자신이 사형 선고를 받는 줄 알았더니 이는 우리로 자기를 의하지 말고 오직 죽은 자를 다시 살리시는 하나님만 의자하게 하려 하심이라. 그가 이같이 큰 사암에서 우리를 건지셨고 또 건지실 것이며 이후에도 건지시를 바라노라. 너희도 우리를 위하여 간구함으로 도우라 이는 우리가 많은 사람의 기도로 얻은 은사로 말미암아 많은 사람이 우리를 위하여 감사하게 하려 함이라.

† 고린도 후서 1;9~11

우리를 인도하시는 주님!
삶의 모든 것이 하나님의 뜻으로
이루어짐을 감사드립니다
이 세상의 모든 교회와 성도들에게
하나님 아버지와 주 예수 그리스도 은혜와 평강이
날마다 넘치기를 기도하고 원하오니 받아주소서

찬송을 받으시기에 합당하신 주님!
하나님은 주 예수 그리스도의 하나님이시오
자비의 하나님이시오 위로의 하나님이시며
모든 환난에서 건져주시고 구원하여 주시니
경배와 찬양을 드리오니 받아주소서

예수 그리스도의 고난이 우리에게 넘친 것처럼
위로도 넘치게 하여 주시니 감사하게 하소서

고난 중에 함께하시는 주님!
환난을 당해도 함께하여 주시고
고난을 당해도 함께하여 주시고
하나님의 인도와 위로 속에
모든 환난과 고난을 이겨내게 하소서
하나님을 향한 믿음이 늘 견고함은
하나님께서 인도하시어 주심을 믿습니다

구원의 하나님!
죄로 말미암아 사형 선고를 받았으나
하나님이 구하여 주시고 주 예수로 사랑을 받았으니
늘 간구하고 기도함으로 얻은
하나님의 은사를 늘 감사하며 살게 하여 주소서
우리 주 예수 그리스도 이름으로 기도합니다. 아멘!

진리이신 주님!
진리를 거슬리고 진리를 떠나서
거짓으로 살아가면 거짓으로는
아무것도 이룰 수 없고 할 수도 없으니
진리 속에서 진리가 되시는
예수 안에서 모든 것을
이루어가게 하소서

생명의 주님!
나약할 때도 인도하여 주시고
나약할 때도 강하게 하여 주시고
부족할 때도 채워주셔서
늘 넘치게 부어주시는
주님 안에서 강하게 하소서

...

진리 속에서 온전하게 하소서

주 예수의 날에 자랑이 되게 하소서

너희가 우리를 부분적으로 알았으나 우리 주 날에는 너희가 우리의 자랑이
되고 우리가 너희의 자랑이 되는 그것이라.

† 고린도 후서 1;14

오, 주님!
이 세상의 수많은 날이 다가오고 흘러가도
아무 소용이 없으나
다가오는 구주 예수 그리스도의 날은 구원의 날이오니
참된 소망 속에 즐거워하며 기다리게 하소서

주님이 이 땅에 오시는
주 예수의 날에 우리가 서로
주 예수 그리스도의 자랑이 되도록
그리스도인으로 성도의 삶을 살아가게 하여 주소서

날마다 주 예수 그리스도의 날을 기다리며
복된 소망 중에 살아가게 하여 주소서
우리 주 예수 그리스도 이름으로 기도합니다. 아멘!

주 예수 그리스도를 전파하게 하소서

우리는 우리를 전파하는 것이 아니라 오직 그리스도 예수의 주 되신 것과 또 예수를 위하여 우리가 너희 종 된 것을 전파함이라.

† 고린도 후서 4;5

구원의 주님!

구주 예수 그리스도 복음이

이 땅에 충만하기를 간절히 원하오니 받아주소서

구주 예수 그리스도의 복음으로

길 잃은 양 같은 수많은 사람이 구원받게 하여 주소서

오, 주여!

구주 예수 그리스도 복음을 전할 때

우리를 전파하는 것이 아니라

구주 예수 그리스도께서 구원자이심과

우리가 주 예수 그리스도를 위하여 복음을 전파하는

종이 됨을 전파하게 하여 주소서

우리 주 예수 그리스도 이름으로 기도합니다. 아멘!

겉사람은 낡아져도 속사람은 날로 새로워지게 하소서

그러므로 우리가 낙심하지 아니하노니 우리의 겉사람은 낡아지나 우리의 속사람은 날로 새로워지도다. 우리가 잠시 받는 환난의 경한 것이 지극히 크고 영원한 영광의 중한 것을 우리에게 이루게 함이니, 우리가 주목하는 것은 보이지 않는 것이 아니요 보이지 않는 것이니 보이는 것은 잠깐이요 보이지 않는 것은 영원함이라.

† 고린도 후서 4;16~18

오, 주님!
우리가 어떠한 처지에서도
우리가 어떠한 경우에도
낙심하지 않고 주 안에서 하늘 소망을 갖고 살게 하소서

오, 주님!
세월 흘러가고 시간이 떠나가도
겉사람이 낡아지는 계절이 찾아와도
속사람은 날로 은혜 속에
새로워지고 강건하게 하여 주소서

오, 주님!

잠시 받는 곤경과 환난은 작은 것이니

고난 중에서도 지극히 크고 영원한 영광이

충만함을 믿고 깨닫고 이루어지게 하소서

오, 주님!

이 세상에서 관심 갖고 주목하는 것들은 사라지고

보이지 않던 영원한 천국을 믿고 따르고 소유하고

천국에 들어갈 수 있는 구속의 믿음을 주소서

겉사람은 세월 따라 낡아져도

속사람은 하나님의 은혜로 날마다 새롭게 하소서

우리 주 예수 그리스도 이름으로 기도합니다. 아멘!

주님의 십자가를 자랑하며 살게 하소서

그러나 내게는 우리 주 예수 그리스도 십자가 외에 결코 자랑할 것이 없으니 그리스도로 말미암아 세상이 나를 대하여 십자가에 못 박히고 내가 세상에 대하여 그러하리라.

† 고린도 후서 6;14

십자가의 주님!
주님의 십자가 대속의 죽으심이 없었다면
죄 속에서 형벌을 받아 지옥으로 갈 수밖에 없었으나
주님의 십자가로 구원받게 하여 주심을 감사드립니다

오, 주님!
우리에게는 구주 예수 그리스도의 십자가 외에는
자랑할 것이 하나도 없게 하여 주소서

구주 예수 그리스도의 십자가로 말미암아
구원을 받게 되었으니 모든 죄를 십자가에 못 박고
주 예수 그리스도의 십자가를 자랑하게 하소서
우리 주 예수 그리스도 이름으로 기도합니다. 아멘!

육과 영의 온갖 더러운 것에서
자신을 깨끗하게 하소서

✠ ··

그런즉 사랑하는 자들아 이 약속을 가진 우리는 하나님을 두려워하는 가운데서 거룩함을 온전히 이루어 육과 영의 온갖 더러운 것에서 자신을 깨끗하게 하자. 마음으로 우리를 영접하라 우리는 아무에게도 불의를 행하지 않고 아무에게도 해롭게 하지 않고 아무에게서도 속여 빼앗은 일이 없노라. 내가 이 말을 하는 것은 너희를 정죄하려고 하는 것이 아니라 내가 이전에 말하였거니와 너희가 우리 마음에 있어 함께 죽고 함께 살고자 함이라. 나는 너희를 향하여 담대한 것도 많고 너희를 위하여 자랑하는 것도 많으니 내가 우리의 모든 환난 가운데서도 위로가 가득하고 기쁨이 넘치는도다.

✝ 고린도 후서 7;1~4

오, 주님!

하나님의 인도하심과

주님의 동행하심을 원하오니

말씀 속에 살아가며 하나님을 두려워하고

거룩함을 본받아 온전히 이루어 가게 하소서

오, 주님!

영과 육이 온갖 죄악의 더러운 것을 버리고

어둠의 죄악을 떠나서

주님의 인도하심과 섭리하심 속에

예수 그리스도의 보혈로 죄를 씻김 받아

자신을 깨끗하게 하게 하소서

오, 주님!
남에게 불의를 행하지 않게 하여 주시고
남에게 해를 끼치거나 해롭게 하지 않게 하시고
아무에게도 속이고 빼앗지 않게 하여 주소서

오, 주님!
남을 함부로 지적하며 정죄하지 않게 하시고
예수 그리스도와 함께 죽고 살 수 있는
강하고 담대한 믿음을 주시기를 원합니다

어떤 역경과 고난 속에서도
주님의 이름으로 자랑할 것이 있게 하여 주시고
모든 환난 가운데서도 위로가 가득하고
기쁨이 넘치는 주 안에서 살게 하여 주소서
우리 주 예수 그리스도 이름으로 기도합니다. 아멘!

진리 속에서 온전하게 하소서

우리는 진리를 거슬러 아무것도 할 수 없고 오직 진리를 위할 뿐이니, 우리가 약할 때 너희가 강한 것을 기뻐하고 또 이것을 위하여 구하니 곧 너희가 온전하게 되는 것이라.

† 고린도 후서 13;8~9

진리이신 주님!
진리를 거슬리고 진리를 떠나서
거짓으로 살아가면 거짓으로는
아무것도 이룰 수 없고 할 수도 없으니
진리 속에서 진리가 되시는
예수 안에서 모든 것을 이루어가게 하소서

생명의 주님!
나약할 때도 인도하여 주시고
나약할 때도 강하게 하여 주시고
부족할 때도 채워주셔서
늘 넘치게 부어주시는 주님 안에서 강하게 하소서

강하신 주님!

우리가 약할 때 강하게 하사 기뻐하시고

죄 속에 있을 때 구원하여 주사

기뻐하시는 사랑을 감사하며 살게 하소서

충만하신 주님!

늘 부족하고 나약하고 연약하오니

충만하신 주님께서 늘 항상 인도하여 주시고

주님의 이름으로 구하고 응답받게 하여 주소서

주 안에서 언제나 온전하게 하여 주소서

우리 주 예수 그리스도 이름으로 기도합니다. 아멘!

다른 복음을 따르지 않게 하여 주소서

그리스도의 은혜로 너희를 부르신 이를 이같이 속히 떠나 다른 복음을 따르는 것을 내가 이상하게 여기노라. 다른 복음은 없나니 다만 어떤 사람들이 너희를 교란하여 그리스도의 복음을 변하게 하려 함이라. 그러나 우리나 혹은 하늘로부터 온 천사라도 우리가 너희에게 전한 복음 외에 다른 복음을 전하면 저주를 받을지어다. 우리가 전에 말하였거니와 내가 지금 다시 말하노니 만일 누구든지 너희가 받은 것 이외에 다른 복음을 전하면 저주를 받을지어다. 이제 내가 사람들에게 좋게 하랴 하나님께 좋게 하랴 사람들에게 기쁨을 구하랴 내가 지금까지 사람들의 기쁨을 구하였다면 그리스도의 종이 아니니라.

† 갈라디아서 1;6~10

생명의 말씀이 되시는 주님!
우리가 구주 예수 그리스도의 은혜로
부르심을 받았으니 마음이 변하여
속히 다른 복음을 쫓고 따르는 무지함이 없게 하소서

거룩하신 하나님 생명의 복음 외에
다른 복음이 없으니 마음이 교란당하여
구주 예수 그리스도 진리의 복음을
변하게 하는 일이 일어나지 않게 하여 주소서

구원의 주님!

우리나 하나님이 보내신 천사일지라도

주님의 사도들이 전한 생명의 복음 이외에

다른 복음을 전하면 저주를 받은 목숨인 줄 아오니

오직 주 예수 그리스도의 생명과 진리의 복음만 전하게 하소서

말씀의 주님!

복음의 복된 진리가 항상 우리 가운데 있게 하여 주시고

양심에 찔림을 받아 주 예수 그리스도의 이름으로

회개하여 구원받았으니

구주 예수 그리스도 생명의 복음 안에 살게 하여 주소서

믿음 가운데 인도하시는 주님!

우리가 사람을 증거하는 것이 아니라

오직 하나님의 영광을 위하여 하나님의 뜻에 합당하게 하시고

사람의 기쁨을 구하지 않고 하나님의 기쁨을 구하게 하소서

사람의 기쁨만을 구하면 하나님의 증거가 아니니

하나님의 뜻과 섭리를 깨달아 기쁨을 구하게 하소서

우리 주 예수 그리스도 이름으로 기도합니다. 아멘!

구주 예수 그리스도를 믿음으로 의로워지게 하소서

사람이 외롭게 되는 것은 율법의 행위로 말미암음이 아니요 오직 예수 그리스도를 믿음으로 말미암는 줄 알므로 우리도 그리스도 예수를 믿나니 이는 우리가 율법의 행위로써가 아니라 그리스도를 믿음으로써 의롭다 함을 얻으려 함이라, 율법의 행위로써는 의롭다 함을 받을 육체가 없느니라.

† 갈라디아서 2;16

구원의 주님!
우리가 율법의 행위와 그 어떤 방법으로도
우리의 죄가 씻어지고 의롭게 될 수가 없으니
우리를 인도하여 주시고 구원하여 주소서

사람이 의롭게 되는 것은
율법의 행위로 인한 것이 아니라
오직 주 예수 그리스도를 믿음으로
이루어짐을 믿사오니 믿음에 이르게 하여 주소서
율법 행위로는 의롭다 함을 얻을 사람이 없으니
구주 예수 그리스도를 믿음으로 의롭게 하여 주시고
우리를 인도하여 주소서
우리 주 예수 그리스도 이름으로 기도합니다. 아멘!

오직 내 안에 구주 예수 그리스도께서
살게 하소서

✝ ....

만일 우리가 그리스도 안에서 의롭게 되려 하다가 죄인으로 드러나면 그리스도께서 죄를 짓게 하는 자냐 결코 그럴 수 없느니라. 만일 내가 헐었던 것을 다시 세우면 내가 나를 범법한 자로 만든 것이라. 내가 율법으로 말미암아 율법에 대하여 죽었나니 이는 하나님에 대하여 살려 함이라. 내가 그리스도와 함께 십자가에 못 박혔나니 그런즉 이제는 내가 사는 것이 아니요 오직 내 안에 그리스도께서 사시는 것이라 이제 내가 육체 가운데서 사는 것은 나를 사랑하사 나를 위하여 자기 자신을 버리신 하나님의 아들을 믿는 믿음 안에서 사는 것이라. 내가 하나님의 은혜를 폐하지 아니하노니 만일 의롭게 되는 것이 율법으로 말미암으면 그리스도께서 헛되이 죽으셨느니라.

✝ 갈라디아서 2;17~21

오, 주님!
인간의 모습으로는
도저히 구원받을 수 없으니
오직 내 안에 구주 예수 그리스도께서 살게 하시고
주 예수로 말미암아 구원을 받게 하소서

오, 주님!
우리가 죄인으로 드러나는 것은
우리의 죄 때문이오니

죄가 다 드러나 죄를 깨닫고
주 예수 그리스도 이름으로 회개함으로 구원받게 하소서

오, 주님!
우리의 죄와 함께 예수 그리스도께서 대속하여 주시려고
십자가에 몸소 친히 못 박히셨으니
이제는 내가 사는 것이 아니오
오직 내 안에서 구주 예수 그리스도께서 살게 하소서

오, 주님!
하나님께서 구속의 은혜를 폐하지 마시고
의롭게 되는 것은 율법이 아니라
예수 그리스도께서 십자가 죽으심으로 이루어졌으니
모든 것이 하나님의 섭리요 사랑과 은혜임을 감사하게 하소서
우리 주 예수 그리스도 이름으로 기도합니다. 아멘!

다시는 종의 멍에를 메지 않게 하소서 1

✝ ....

그리스도께서 우리를 자유롭게 하려고 자유를 주셨으니 그러므로 굳건히
서서 다시는 종의 멍에를 메지 말라.

✝ 갈라디아서 5;1

오, 주님!
구주 예수 그리스도께서 우리를 자유롭게 하시려고
자유를 주셨으니 주님이 주시는 진리의 자유를 얻게 하소서
우리의 믿음이 흔들리지 않고 요동하지 않고
우리의 믿음이 반석 위에 굳건히 서서
강하고 담대한 믿음으로 살게 하소서

오, 주님!
다시는 종의 멍에를 메지 않게 하시고
하나님의 자녀답게 믿음으로 살게 하소서

오, 주님!
우리가 주님을 믿음으로 구원받기 전에는
죄의 종으로 지옥으로 갈 수밖에 없었으나
주님께서 인간의 육신을 입으시고

사람으로 오셔서 십자가의 거룩하신 보혈로
죄를 대속하여 구원받게 하심을 감사드립니다

오, 주님!
구주 예수 그리스도께서 우리를 자유롭게 하시려고
진리의 자유함을 주셨으니 믿고 순종하며 따르게 하소서
우리의 믿음이 반석 위에 서서
다시는 죄 속에 살며 죄의 멍에를 메지 않게 하소서
우리 주 예수 그리스도 이름으로 기도합니다. 아멘!

다시는 종의 멍에를 메지 않게 하소서 2

그리스도께서 우리를 자유롭게 하려고 자유를 주셨으니 그러므로 굳건히
서서 다시는 종의 멍에를 메지 말라.

† 갈라디아서 5;1

새 생명을 주시는 주님!
예수 그리스도께서 자유롭게 하시려고
진리 안에서 자유를 주셨으니
주 예수 그리스도 안에서 굳건히 서서
다시는 종의 멍에를 메지 않게 하소서

죄 속에 있으면 죄에 이끌리어
죄 속에서 죄의 종이 될 수밖에 없으니
의로우신 주님께서 구원하여 주셨으니
다시는 종의 멍에를 메지 않게 하소서

생명의 주님!
죄는 얽어매고 자유롭지 못하고 가두어 놓으나
주 예수 그리스도께서 진리의 자유함으로 인도하시고
구원의 자유함으로 인도하시니
다시는 종의 멍에를 메지 않게 하소서

구원의 주님

우리가 주 예수 그리스도를 영접하여

하늘나라 백성 하나님의 자녀가 되었으니

다시는 종의 멍에를 메지 않게 하소서.

우리가 주 예수 그리스도의 이름으로 회개하여

하늘나라 가족이 되었으니

다시는 종의 멍에를 메지 않게 하소서

사랑의 주님!

우리가 주님의 십자가 대속의 죽으심으로

죄를 용서받고 구원을 받았으니

다시는 종의 멍에를 메지 않게 하소서

우리의 믿음이 흔들리지 않고 강하고 담대하여

반석 위에 굳건히 서서 말씀대로 순종하며 살게 하시고

다시는 종의 멍에를 메지 않게 하소서

우리 주 예수 그리스도 이름으로 기도합니다. 아멘!

성령으로부터 영생을 거두게 하소서

가르침을 받는 자는 말씀을 가르치는 자와 모든 좋은 것을 함께하라. 스스로 속이지 말라 하나님은 업신여김을 받지 아니하시나니 사람이 무엇으로 심든지 그대로 거두리라. 자기의 육체를 위하여 심는 자는 육체로부터 썩어질 것을 거두고 성령을 위하여 심는 자는 성령으로부터 영생을 거두리라. 우리가 선을 행하되 낙심하지 말지니 포기하지 아니하면 때가 이르매 거두리라. 그러므로 우리는 기회 있는 대로 모든 이에게 착한 일을 하되 더욱 믿음의 가정들에게 할지니라.

† 갈라디아서 6;6~10

성령으로 인도하시는 주님!
주의 말씀으로 가르침을 받은 자는
주의 말씀을 가르치는 자와 좋은 것을 함께하게 하소서

주님의 말씀 속에서 진리를 깨닫게 하시고
주님의 말씀 속에서 죄를 깨닫고 회개하게 하시고
주님의 말씀 속에서 믿음으로 구원받게 하소서

세상 모든 것을 섭리하시는 주님!
하나님은 모든 것을 아시오니
어리석게 하나님을 속이려 하지 않게 하시고
하나님의 이름을 함부로 업신여기지 않게 하소서

사람은 무엇으로 심어도 그대로 거두니
좋고 옳고 바른 것으로 심게 하소서

오, 주님!
육체를 위하여 심는 자는
육체로부터 썩은 것을 거두고
성령을 위하여 사는 자는
성령으로부터 영생을 거두게 하여 주시고
삶에서 성령의 열매를 좋아 맺게 하소서

오, 주님!
하나님의 선을 행하시는 삶 속에서 낙심하지 않게 하시고
포기하지 않고 인내하며 기다리게 하시고
때가 이를 때 열매로 거두게 하여 주소서
하나님의 자녀로서 기회가 있는 대로
모든 사람에게 착한 일을 향하고
믿음의 자녀들에게 더욱더 행하게 하소서
우리 주 예수 그리스도 이름으로 기도합니다. 아멘!

주 예수 그리스도의 흔적을 지니게 하소서

이후로는 누구든지 나를 괴롭게 하지 말라 내가 내 몸에 예수의 흔적을 지니고 있노라. 형제들아 우리 주 예수 그리스도의 은혜가 너희 심령에 있을지어다 아멘.

† 갈라디아서 6;17~18

십자가의 주님!
주님의 십자가로 구원을 받았으니
주 예수 그리스도의 흔적을 지니게 하여 주소서

생명의 주님!
구주 예수 그리스도의 사랑으로 구원받았으니
주 예수 그리스도의 흔적을 지니게 하여 주소서

말씀의 주님!
주 예수 그리스도의 말씀으로 인도하심을 받으니
주 예수 그리스도의 흔적을 지니게 하여 주소서
주 예수 그리스도의 은혜로 동행하여 주시니
주 예수 그리스도의 흔적을 지니게 하여 주소서
우리 주 예수 그리스도 이름으로 기도합니다. 아멘!

성령 안에서 하나님이 거하실 처소가 되게 하소서

너희는 사도들과 선지자들의 터 위에 세우심을 입은 자라 그리스도 예수께서 친히 모퉁이 돌이 되셨느니라. 그의 안에서 건물마다 서로 연결하여 주 안에서 성전이 되어가고, 너희도 성령 안에서 하나님이 거하실 처소가 되기 위하여 그리스도 예수 안에서 함께 지어져 가느니라.

† 에베소서 2;20~22

우리에게 믿음을 주시는 주님!
구주 예수 그리스도께서 친히 모퉁이 돌이
되어 주심을 무한 감사드립니다
주님께서 하나님의 거하실 처소의 기초가 되셨으니
우리도 함께 연결하여 지어져 가게 하여 주소서

오, 주여!
우리가 주 안에서 서로 연결하여
거룩하신 하나님의 처소가 되어가게 하여 주소서
우리가 성령 안에서 하나님이 거하실 처소가 되기 위하여
구주 예수 그리스도와 함께 지어져 가게 하여 주소서
우리 주 예수 그리스도 이름으로 기도합니다. 아멘!

심령이 새롭게 되어 의와 진리의 거룩함으로 새 사람을 입게 하소서 1

그러므로 내가 이것을 말하며 주 안에서 증언하노니 이제부터 너희는 이방인의 그 마음의 허망한 것으로 행함같이 행하지 말라. 그들의 총명이 어두워지고 그들 가운데 있는 무지함과 그들의 마음이 굳어짐으로 말미암아 하나님의 생명에서 떠나 있도다. 그들이 감각 없는 자가 되어 자신을 방탕에 방임하여 모든 더러운 것을 욕심으로 행하되, 오직 너희는 그리스도를 그같이 배우지 아니하였느니라. 진리가 예수 안에 있는 것 같이 너희가 참으로 그에게서 듣고 또한 그 안에서 가르침을 받았을진대, 너희는 유혹의 욕심을 따라 썩어져 가는 구습을 따르는 옛사람을 벗어 버리고, 오직 너희의 심령이 새롭게 되어, 하나님을 따라 의와 진리의 거룩함으로 지으심을 받은 새 사람을 입으라.

† 에베소서 4;17~24

진리의 주님!
주 안에서 믿음으로 복음을 증언하며 살게 하시고
마음을 허망한 것에 허탈하게 두지 말고
허망한 생활 속에 살아가지 않게 하여 주소서

생명의 주님!
총명이 죄악으로 어두워져서 무지하지 않게 하시고
믿음에서 떠나 마음이 강퍅하게 굳어지지 않게 하시고
하나님의 생명에서 떠나는 삶을 살지 않게 하소서

구원의 주님!

현실을 잘 파악하지 못하는 감각 없는 자가 되어

어디로 가야 할지 모르고 방탕하게 살아서

죄를 짓고 살지 않게 하여 주시고

추하고 더러운 것에 욕심을 부리며 살지 않게 하소서

말씀의 주님!

우리의 갈 길을 주 예수 그리스도께 배우고

가르침을 받고 인도함을 받게 하시고

유혹을 따라 사는 구습을 따르는 죄인이 된

옛사람을 깨끗이 버리게 하여 주소서

갈 길을 인도하여 주시는 주님!

심령이 늘 새롭게 되어

하나님이 인도하시는 의와 진리와 거룩함으로

새롭게 지음을 받게 하여 주사

하나님의 은혜로 성령의 은총으로 새 사람을 입게 하소서

우리 주 예수 그리스도 이름으로 기도합니다. 아멘!

심령이 새롭게 되어 의와 진리의 거룩함으로 새 사람을 입게 하소서 2

그러므로 내가 이것을 말하며 주 안에서 증언하노니 이제부터 너희는 이방인의 그 마음의 허망한 것으로 행함같이 행하지 말라. 그들의 총명이 어두워지고 그들 가운데 있는 무지함과 그들의 마음이 굳어짐으로 말미암아 하나님의 생명에서 떠나 있도다. 그들이 감각 없는 자가 되어 자신을 방탕에 방임하여 모든 더러운 것을 욕심으로 행하되, 오직 너희는 그리스도를 그같이 배우지 아니하였느니라. 진리가 예수 안에 있는 것 같이 너희가 참으로 그에게서 듣고 또한 그 안에서 가르침을 받았을진대, 너희는 유혹의 욕심을 따라 썩어져 가는 구습을 따르는 옛사람을 벗어 버리고, 오직 너희의 심령이 새롭게 되어, 하나님을 따라 의와 진리의 거룩함으로 지으심을 받은 새 사람을 입으라.

† 에베소서 4;17~24

오. 주님!
단 한 번뿐인 소중한 삶 속에
마음을 허망한 것에 관심을 두어
허탈하고 허무한 삶을 살지 않게 하여 주소서

오. 주님!
말씀의 지혜와 지식으로 살게 하시고
총명이 어두워져 무지함과 굳어진 마음으로
하나님의 생명을 떠나는
어리석음을 범하지 않게 하소서

오, 주님!
아무 감각도 없이 무지함으로
삶을 방탕하게 살아 추하고 더러운
버려진 삶을 살지 않게 하여 주시고
주 예수께서 인도하시는 대로 살게 하소서

오, 주님!
소중한 삶이오니 유혹을 따라 썩어져 가는
구습을 따르는 옛사람을 벗어 버리고
주 안에서 성령을 새롭게 하여 주소서

하나님을 따라 의와 진리의 거룩함으로
지으심을 받은 새 사람으로 입게 하소서
이 모든 것이 주님의 은혜와 사랑임을 믿게 하소서
우리 주 예수 그리스도 이름으로 기도합니다. 아멘!

주 예수 그리스도 이름으로 감사하게 하소서

그런즉 너희가 어떻게 행할지를 자세히 주의하여 지혜 없는 자같이 하여, 세월을 아끼라 때가 악하니라. 그러므로 어리석은 자가 되지 말고 오직 주의 뜻이 무엇인가 이해하라. 술취하지 말라 이는 방탕한 것이니 오직 성령으로 충만함을 받으라. 시와 찬송과 신령한 노래들로 서로 화답하며 너희의 마음으로 주께 노래하며 찬송하며, 범사에 우리 주 예수 그리스도 이름으로 항상 아버지 하나님께 감사하며 그리스도를 경외함으로 피차 복종하라.

† 에베소서 5;15~21

감사의 주님!
우리가 행할 때 어떻게 행해야 하는지
자세히 주의하여 살피게 하여 주소서
지혜 없는 자 같이 하지 않게 하여 주시고
하나님이 주시는 지혜로 행하게 하여 주소서

말씀의 주님!
우리가 세상 사람들처럼
어리석은 자가 되지 말게 하시고
오직 주님의 뜻을 분별하고
이해하며 믿고 따르게 하소서

은혜의 주님!

세속에 빠져 술취하지 않게 하여 주시고

방탕하지 않게 하시고 오직 말씀과 기도 속에서도

거룩한 삶을 살아 성령 충만하게 하여 주소서

찬양을 받으시기에 합당하신 주님!

시와 찬송과 신령한 노래들로 서로 화답하여

우리의 마음으로 온전히 찬양하며

구주 예수 그리스도께 노래하게 하여 주소서

모든 일에 주 예수 그리스도 이름으로

항상 아버지 하나님께 감사를 드리며

구주 예수 그리스도를 경외함으로

복종하는 삶을 살게 하여 주소서

우리 주 예수 그리스도 이름으로 기도합니다. 아멘!

하나님의 전신 갑주를 입게 하소서

평안의 복음이 준비한 것으로 신을 신고, 모든 것 위에 믿음의 방패를 가지고 이로써 능히 악한 자의 모든 불화살을 소멸하고, 구원의 투구와 성령의 검 곧 하나님의 말씀을 가지라. 모든 기도와 간구를 하되 항상 성령 안에서 기도하고 이를 위하여 깨어 구하기를 항상 힘쓰며 여러 성도를 위하여 구하라. 또 나를 위하여 구할 것은 내게 말씀을 주사 나로 입을 열어 복음의 비밀을 담대히 알리게 하옵소서 할 것이니, 이 일을 위해 내가 쇠사슬에 매인 사신이 된 것은 나로 이 일에 당연히 할 말을 담대히 하게 하려 하심이라.

† 에베소서 6;15~20

생명의 주님!
하나님의 뜻을 따라 몸소 순종하신
주 예수 그리스도 순종의 삶을 배우게 하소서

매사 눈가림으로 사람을 대하지 않게 하시고
사람만을 기쁘게 하는 삶이 아니라
예수 그리스도의 종이 되어
온 마음으로 하나님의 뜻을 행하며 살게 하소서

구원의 주님!
하나님을 향하여 기쁜 마음으로 섬기며 살게 하시고
사람에게 하듯 하지 않게 하소서

능력의 주님!

우리가 세상을 살아가기 위하여 하나님의 능력으로

영육 간에 강건하게 하시고 마귀의 간계를 대적하기 위하여

하나님의 전신 갑주를 입게 하소서

권세의 주님!

믿음을 강하고 담대하게 하여 주시고 구원의 투구와 성결의 검

생명의 말씀으로 영적인 무장을 하게 하소서

항상 모든 기도와 간구 속에서 항상 깨어 기도하게 하여 주시고

모든 성도를 위하여 기도하게 하여 주소서

생명의 말씀을 허락하사

말씀을 알고 깨달아 주 예수 그리스도의 놀라우신

복음의 비밀을 온 세상에 전하게 하소서

주님의 일에 강하고 담대하게 동참하게 하여 주소서

우리 주 예수 그리스도 이름으로 기도합니다. 아멘!

성도들을 위하여 기도하게 하소서

내가 너희를 생각할 때마다 나의 하나님께 감사하며, 간구할 때마다 너희 무리를 위하여 기쁨으로 항상 간구함은, 너희가 첫날부터 이제까지 복음을 위한 일에 참여하고 있기 때문이라. 너희 안에서 착한 일을 시작하신 이가 그리스도 예수의 날까지 이루실 줄을 우리가 확신하노라. 내가 너희 무리를 위하여 이와 같이 생각하는 것이 마땅하니 이는 너희가 내 마음에 있음이여 나의 매임과 복음을 변명함과 확정함에 너희가 다 나와 함께 은혜에 참여한 자가 됨이라. 내가 예수 그리스도의 심장으로 너희 무리를 얼마나 사모하는 지 하나님이 내 증인이시니라. 내가 기도하노라 너희 사랑을 지식과 모든 총명으로 점점 더 풍성하게 하사, 너희로 지극히 선한 것을 분별하며 또 진실하여 허물없이 그리스도의 날까지 이르고, 예수 그리스도로 말미암아 의의 열매가 가득하여 하나님의 영광과 찬송이 되기를 원하노라.

† 빌립소서 1;3~11

오, 주님!
주님 교회의 성도들이 생각날 때마다
하나님께 감사하며 기도하게 하소서
주님의 교회에 기도 충만, 말씀 충만, 은혜가 충만하게 하소서

오, 주님!
우리 안에서 착한 일을 시작하시고
하나님의 섭리 속에 주 예수 그리스도의 날까지
온전하게 이루어 주실 줄을 믿으며 확신하게 하소서

오, 주님!
주님의 교회를 마음에 두고 기도하게 하시고
복음을 깨닫고 복음 안에서 믿음을 확정하고
주님의 생명 복음을 전하게 하소서

오, 주님!
주 예수 그리스도의 심장으로 성도들을 사랑하게 하시고
성도들을 주님의 이름으로 섬기게 하시고
성도들을 위하여 기도하게 하시며
이 모든 일에 하나님이 친히 증인이 되어 주소서

날마다 기도함으로 사랑과 지식이 모든 총명으로
더욱더 풍성하게 하시고 선한 것을 분별하며
아무 허물없이 주 예수 그리스도의 날에 이르게 하소서
하나님의 영광과 찬송이 되게 하소서
우리 주 예수 그리스도 이름으로 기도합니다. 아멘!

기도할 때마다 기뻐하고 감사하게 하소서

주 안에서 항상 기뻐하라 내가 다시 말하노니 기뻐하라. 너희 관용을 모든 사람에게 알게 하라 주께서 가까우시니라. 아무것도 염려하지 말고 다만 모든 일에 기도와 간구로 너희 구할 것을 감사함으로 하나님께 아뢰라. 그리하면 모든 지각에 뛰어난 하나님의 평강이 그리스도 예수 안에서 너희 마음과 생각을 지키시리라.

† 빌립소서 4;4~7

오, 주님!
주님이 주신 은혜가 너무나 크오니
불평과 불만으로 가득한 삶을 살기보다
항상 기뻐하며
항상 감사하며
항상 기도하며 살게 하소서

오, 주님!
기도할 때마다 아무것도 염려하지 말고
모든 것을 주님께 의지하고 맡기며 기도하게 하소서
기도할 때마다 주님의 구속에 은혜와 무한 사랑에
늘 감사하며 기도하게 하소서

오, 주님!

모든 것이 주님으로부터 왔으니

모든 것을 감사하게 하소서

모든 지각에 뛰어나신 하나님께서 평강으로 인도하시고

주 예수 안에서 마음과 생각을 날마다 지켜주소서

오, 주님!

모든 것이 주님의 은혜와 사랑이오니

놀라우신 주님의 사랑을 체험한 믿음을

시시때때로 복음의 기쁜 소식으로 전하게 하소서

우리 주 예수 그리스도 이름으로 기도합니다. 아멘!

내게 능력 주시는 주님 안에서
모든 것을 할 수 있게 하소서

내가 주 안에서 크게 기뻐함은 너희가 나를 생각하던 것이 이제 다시 싹이
남이니 너희가 또한 이를 위하여 생각은 하였으나 기회가 없었느니라. 내가
궁핍하므로 말하는 것이 아니라 어떠한 형편에서든지 나는 자족하기를
배웠노니, 나는 비천에 처할 줄도 알고 풍부에 처할 줄도 알아 모든 일 곧
배부름과 배고픔과 풍부와 궁핍에도 처할 줄 아는 일체의 비결을 배웠노라.
내게 능력 주시는 자 안에서 내가 모든 것을 할 수 있느니라.

† 빌립보서 4;10~13

오, 주님!
주 안에서 날마다 기뻐하며
주님의 크고 넓고 깊으신 은혜를 기뻐하게 하소서
주 안에서 믿음으로 행하는 모든 것이
싹이 나고 자라서 좋은 기회를 만들게 하소서

오, 주님!
어떤 환경과 처지에서도 궁핍할 때나
부유할 때나 늘 언제 어디서든지
믿음 안에서 자족하는 삶이 되게 하소서

오, 주님!

인생을 살아가면서

비천함에 처할 줄도 알게 하여 주시고

풍부함에 처할 줄도 알게 하여 주시고

모든 일에 배부를 때나 배고플 때나

어떤 처지와 어떤 환경 속에서도

적응하고 대처할 모든 비결을 알게 하소서

오, 주님!

늘 부족하고 늘 연약하오나 주 예수 그리스도 안에서

능력을 주시는 전능하신 하나님 안에서

모든 것을 할 수 있는 믿음과 능력을 주시옵소서

우리 주 예수 그리스도 이름으로 기도합니다. 아멘!

하나님께 감사 기도를 드리게 하소서 1

우리가 너희를 위하여 기도할 때마다 하나님 곧 우리 주 예수 그리스도의
아버지께 감사하노라. 이는 그리스도 예수 안에 너희의 믿음과 모든 성도에
대한 사랑을 들었음이요, 너희를 위하여 하늘에 쌓아 둔 소망으로 말미암음
이니 곧 너희가 전에 복음 진리의 말씀을 들은 것이라. 이 복음이 이미 너희
에게 이르매 너희가 듣고 참으로 하나님의 은혜를 깨달은 날부터 너희 중에
서와 같이 또한 온 천하에서도 열매를 맺어가는 자라는도다.

† 골로새서 1;3~6

믿음을 주시는 주님!
기도할 때마다 기도를 들어주시는
하나님께 감사의 기도를 드리게 하소서
구주 예수 그리스도 안에서 구원에 이르기까지
믿음이 자라게 하시고
성도들을 사랑하며 믿음 속에 살게 하소서

기도를 들어주시는 주님
하늘에 쌓아 둔 소망으로
기쁨과 감동 속에 살게 하시고
복음 진리의 말씀 속에 구원을 확증하며
믿음으로 주 안에서 살게 하소서

응답하시는 주님!
생명의 복음이 하나님의 놀라우신
구속의 은혜를 깨닫게 하여 주심을
감사기도 드리오니 받아주소서
하나님의 은혜의 온전하심 속에서
믿음이 열매 맺어 자라게 하여 주소서

긍휼히 여기시는 주님!
하나님의 일을 하는 종이 되게 하심도
하나님의 은혜이오니 감사를 드리게 하소서
하나님의 은혜로 주 예수 그리스도의
신실한 일꾼으로 쓰임 받게 하시고
성령 안에서 하나님의 사랑을 알려주시고
사랑을 베푸심에 무한 감사드리게 하소서
우리 주 예수 그리스도 이름으로 기도합니다. 아멘!

하나님께 감사 기도를 드리게 하소서 2

우리가 너희를 위하여 기도할 때마다 하나님 곧 우리 주 예수 그리스도의 아버지께 감사하노라. 이는 그리스도 예수 안에 너희의 믿음과 모든 성도에 대한 사랑을 들었음이요, 너희를 위하여 하늘에 쌓아 둔 소망으로 말미암음이니 곧 너희가 전에 복음 진리의 말씀을 들은 것이라. 이 복음이 이미 너희에게 이르매 너희가 듣고 참으로 하나님의 은혜를 깨달은 날부터 너희 중에서와 같이 또한 온 천하에서도 열매를 맺어가는 자라는도다.

† 골로새서 1;3~6

오. 주님!
삶의 모든 것이 하나님의 은혜이며
하나님의 사랑이오니
기도할 때마다 우리 주 예수 그리스도의 아버지
하나님께 감사 기도를 드리게 하소서

오. 주님!
주 예수 그리스도 안에서
믿음을 성장하게 하시고
성도들을 사랑하며 섬기는 삶을 살게 하소서

하늘에 쌓아가는 소망이
날마다 점점 많아지게 하시고
하나님 생명의 말씀 진리의 말씀에
소망을 두며 살게 하여 주소서

오, 주님!
하나님 생명의 말씀을 통하여
하나님 은혜를 깨닫게 하시고
하나님 축복 속의 열매를
풍성하게 맺는 것을 늘 감사하게 하소서

오, 주님!
하나님 안에서 그리스도의 신실한 일꾼으로
하나님의 사역에 동참하게 하여 주시고
성령 안에서 하나님이 주신 사랑을
세상에 널리 알리게 하여 주소서
우리 주 예수 그리스도 이름으로 기도합니다. 아멘!

복음의 일꾼이 되게 하소서

아버지께서는 모든 충만으로 예수 안에 거하게 하시고, 그의 십자가 피로 화평을 이루사 만물 곧 땅에 있는 것이나 하늘에 있는 것들이 그로 말미암아 자기와 화목하게 되기를 기뻐하심이라. 전에 악한 행실로 멀리 떠나 마음으로 원수가 되었던 너희를, 이제는 그의 육체의 죽음으로 말미암아 화목하게 하사 너희를 거룩하고 흠 없고 책망할 것이 없는 자로 그 앞에 세우고자 하셨으니, 만일 너희가 믿음에 거하고 터 위에 굳게 서서 너희 들은 바 복음의 소망에서 흔들리지 아니하면 그리하리라 이 복음은 천하 만민에게 전파된 바요 나 바울은 이 복음의 일꾼이 되었노라.

† 골로새서 1;19~23

오, 주님!
하나님께서 모든 충만으로
구주 예수 그리스도 안에서
함께하여 주심을 감사드립니다

주님 십자가의 피로 화평을 이루어 주시고
땅과 하늘에 있는 것들이 하나님과 화목하게 되어
하나님이 기뻐하심에 영광과 찬양을 돌립니다

오, 주님!
우리가 악한 행실로 주님을 멀리 떠나
마음으로 원수가 되었던 시절을 용서하여 주소서

주 예수 그리스도께서 십자가에 죽으심으로
화목하게 하여 주시고 거룩하고 책망할 것이 없이
하나님 앞에 세워 주심을 무한 감사드립니다

오, 주님!
우리가 믿음 안에 거하게 하여 주시고
믿음의 터 위에 굳건히 서서
복음을 듣고 복음의 소망 안에서
흔들리지 않는 믿음을 갖게 하소서

오, 주님!
이 복음이 온 천하 만민에게 전파되게 하여 주시고
이 복음을 선포하고 전하는 일꾼이 되게 하여 주소서
우리 주 예수 그리스도 이름으로 기도합니다. 아멘!

옛사람을 벗어 버리고 새 사람을 입게 하소서

너희도 전에 그 가운데 살 때는 그 가운데서 행하였으나, 이제는 너희가 이 모든 것을 벗어 보리라 곧 분함과 노여움과 악의와 비방과 너희 입의 부끄러운 말이라. 너희가 서로 거짓말을 하지 말고 옛사람과 그 행위를 벗어 버리고, 새사람을 입었으니 이는 자기를 창조하신 이의 형상을 따라 지식에까지 새롭게 하심을 입은 자니라.

† 골로새서 3;7~10

오, 주님!
주님을 알지 못할 때는
죄 가운데 살았으나
이제는 주 안에서 의롭게 살게 하소서

모든 악을 벗어버리게 하시고
분함과 노여움과 악의와 비방으로
부끄러운 입의 말을 모두 다 버리고
주님 앞에 철저하게 회개하게 하소서

옛사람을 벗어버리고

새사람을 입게 하여 주시고

하나님의 형상을 따라

새롭게 하심을 입게 하여 주소서

우리 주 예수 그리스도 이름으로 기도합니다. 아멘!

항상 모든 일을
하나님의 이름으로 행하게 하소서

📖 ....

그러므로 너희는 하나님이 택하사 거룩하고 사랑받은 자처럼 긍휼과 자비와 겸손과 온유와 참음을 옷 입고, 누가 누구에게 불만이 있거든 서로 용납하여 피차 용서하되 주께서 너희를 용서하신 것같이 너희도 그리하고, 이 모든 것 위에 사랑을 더하라 이는 온전하게 매는 띠니라. 그리스도의 평강이 너희 마음을 주장하게 하라 너희는 평강을 위하여 한 몸으로 부르심을 받았나니 너희는 또한 감사하는 자가 돼라. 그리스도의 말씀이 너희 속에 풍성히 거하여 모든 지혜로 피차 가르치며 권면하고 시와 찬송과 신령한 노래를 부르며 감사하는 마음으로 하나님을 찬양하고, 또 무엇을 하든지 말에나 일에나 다 주 예수의 이름으로 하고 그를 힘입어 하나님 아버지께 감사하라.

† 골로새서 3;12~17

구원의 주님!
하나님이 택하신 거룩하고 사랑받는 자처럼
긍휼과 자비와 겸손과 온유와 오래 참음으로
성도의 옷을 입게 하심을 감사드리오니 받아주소서

용서의 주님!
누가 누구에게 불만이 있을 때마다
서로가 서로에게 용서하게 하시고
주님께서 구속의 십자가로 용서하심 같이
용서하는 넓은 주님의 마음을 갖게 하소서

사랑의 주님!

모든 것 중에 항상 사랑을 더하게 하여 주시고

사랑의 띠로 모든 것을 온전히 맺게 하소서

예수 그리스도 평강이 마음속으로 풍성하게 하시고

하나님의 평강을 위하여 쓰임 받게 하소서

주님의 이름으로 하나님의 영광을 위하여

한 몸으로 부르심을 받게 하심을 감사하게 하소서

은혜의 주님!

주 예수 그리스도의 말씀을 늘 풍성하게 하시고

모든 지혜로 가르치고 복음을 전하게 하소서

시와 찬송과 신령한 노래를 부르며

감사한 마음으로 온전하게 하나님을 찬양하게 하소서

말에나 일에나 무엇을 하든지

주 예수 그리스도 이름으로 하게 하여 주시고

주 예수 그리스도를 힘입어 하나님 아버지께 감사하게 하소서

우리 주 예수 그리스도 이름으로 기도합니다. 아멘!

복음을 전도할 문을 열어주소서

계속 기도하고 기도에 감사함으로 깨어 있으라. 또한 우리를 위하여 기도하되 하나님이 전도할 문을 열어 주사 그리스도의 비밀을 말하게 하시기를 구하라 내가 이 일 때문에 매임을 당하였노라. 그리하면 내가 마땅히 할 말로써 이 비밀을 나타내리라.

† 골로새서 4;2~4

기도를 들어주시는 주님!
항상 기도하게 하소서
쉬지 말고 늘 깨어서 기도하게 하소서
구하고 찾고 두드려 기도의 응답을 받게 하소서

기도에 응답하시는 주님!
하나님의 사역자들을 위하여 기도하게 하시고
하나님을 전도할 문을 열어 주소서

구주 예수 그리스도 구원의 비밀을
강하고 담대하게 외치게 하여 주시고
듣는 자들이 통회자복하고 구원받게 하소서

하나님의 말씀, 생명의 복음을 전하게 하시고
복음으로 마땅히 할 말을 심령 속에
파고들어 죄를 회개하도록 복음을 전하게 하소서

구원의 주님!
세상의 모든 일들을 하나님의 주시는 지혜로 하여
모든 것이 합력하여 선을 이루게 하시고
세월은 왔다가 홀연히 떠나가니
세월을 아끼며 복음을 전하게 하여 주소서

생명의 주님!
말할 때 주님의 은혜 가운데서
소금이 맛을 냄과 같이
세상 모든 사람들에게 복음으로 구원에 관하여
분명하고 확실하게 전하여
죄를 회개하여 구원받게 하소서
우리 주 예수 그리스도 이름으로 기도합니다. 아멘!

하나님의 말씀과 기도로 거룩하게 하소서

그러나 성령이 밝히 말씀하시기를 후일에 어떤 사람들이 믿음에서 떠나 미혹하는 영과 귀신의 가르침을 따르리라 하였으니, 자기 양심이 화인을 맞아서 외식함으로 거짓말하는 자들이라. 혼인을 금하고 어떤 음식물은 먹지 말라고 할 터이나 음식물은 하나님이 지으신 바니 믿는 자들과 진리를 아는 자들이 감사함으로 받을 것이니라. 하나님께서 지으신 모든 것이 선하매 감사함으로 받으면 버릴 것이 없나니, 하나님의 말씀과 기도로 거룩하여짐이니라.

† 디모데 전서 4;1~5

말씀의 주님!
믿음에서 떠나 미혹하는 영과
귀신의 가르침을 따라가지 않게 하시고
믿음 가운데 성령의 인도하심으로 영들을 분별하여
그들과 함께하지 않고 미혹에서 벗어나
진리의 주 예수 그리스도를 따르게 하소서

구원의 주님!
하나님의 말씀에서 범죄를 하여 자기 양심에 화인을 맞고
거짓말을 일삼는 자들이 있으니
진리 가운데 살아 그들과 함께하지 않게 하소서

거짓말에서 벗어나 생명의 주님
구주 예수 그리스도를 따르게 하여 주소서

진리의 주님!
하나님의 말씀을 잘못 깨달아
혼인을 금하고 음식물을 먹지 말라고 하고
온갖 거짓 선전으로 미혹하여도 따르지 않게 하소서
음식은 하나님이 주신 것이니 선하게 받게 하시고
하나님의 인도하심을 따라 진리 가운데 살게 하소서

소망의 주님!
하나님께서 지으신 모든 것이 선하시오니
항상 감사함으로 버릴 것이 없게 하시고
삶 속에서 하나님의 말씀과 기도로 거룩하게 하소서
우리 주 예수 그리스도 이름으로 기도합니다. 아멘!

믿음의 선한 싸움을 하게 하여 주소서

오직 너 하나님의 사람아 이것들을 피하고 의와 경건과 믿음과 사랑과 인내와 온유를 따르며, 믿음의 선한 싸움을 싸우라 영생을 취하라 이를 위하여 네가 부르심을 받았고 많은 증인 앞에서 선한 증언을 하였도다. 만물을 살게 하신 하나님 앞과 본디오 빌라도를 향하여 선한 증언을 하신 그리스도 예수 앞에서 내가 너를 명하노니, 우리 주 예수 그리스도께서 나타나실 때까지 흠도 없고 책망받을 것도 없이 이 명령을 지키라. 기약이 이르면 하나님이 그의 나타나심을 보이시리니 하나님은 복되시고 유일하신 주권자이시며 만왕의 왕이시며 만주의 주시요, 오직 그에게만 죽지 아니함이 있고 가까이 가지도 못할 빛에 거하시고 어떤 사람도 보지 못하였고 또 볼 수 없는 이시니 그에게 존귀와 영원한 권능을 돌릴지어다 아멘.

† 디모데 전서 6;11~16

오. 주님!
우리가 하나님의 사람이 되게 하여 주소서
죄악을 피하고 떠나게 하여 주시고
의와 경건과 믿음과 사랑과 인애와
온유를 따르는 삶을 살게 하소서

오. 주님!
믿음의 선한 싸움을 하게 하여 주시고
주 예수 그리스도 이름으로 이기게 하여 주소서

주님의 부르심을 받았으니
많은 증인 앞에서
선한 증인이 되게 하여 주소서

오, 주님!
만물을 살게 하신 하나님 앞에서
구주 예수 그리스도의 날에
흠도 없고 책망받을 것도 없도록
주의 명령을 따라 지키게 하여 주소서

오, 주님!
때가 되면 주님이 재림으로 오심을 믿사오니
존귀와 영광을 돌리며
주님의 때를 기다리며 구원받은 성도가 되게 하여 주소서
우리 주 예수 그리스도 이름으로 기도합니다. 아멘!

하나님의 복음 전하는 전도를 맡겨주소서

하나님의 종이요 예수 그리스도의 사도인 나 바울이 사도 된 것은 하나님이 택하신 자들의 믿음과 경건함에 속한 진리의 지식과, 영생의 소망을 위함이라 이 영생은 거짓이 없으신 하나님이 영원 전부터 약속하신 것인데, 자기 때에 자기의 말씀을 전도로 나타내셨으니 이 전도는 우리 구주 하나님이 명하신 대로 내게 맡기신 것이라. 같은 믿음을 따라 나의 참 아들이 된 디도에게 편지하노니 하나님 아버지와 그리스도 예수 우리 구주로부터 은혜와 평강이 네게 있을지어다.

† 디도서 1;1~4

오, 주님!
주의 자녀가 된 것은 하나님이 택하시고
믿음과 경건함 속에 속한 진리의 지식과
영생의 소망을 얻기 위함이오니
하나님의 은혜와 사랑에 무한 감사를 드리게 하소서

오, 주님!
하늘나라 영생의 소망을 주셨으니
이 영생은 하나님께서 영원 전부터 약속하심을
진심으로 믿게 하여 주소서

오, 주님!

하나님이 자기 때에 자기의 말씀을

전도로 나타내시고

우리에게 맡기심에 감사하며 충성을 다하게 하시고

늘 같은 믿음으로 살아가며

하나님 아버지와 그리스도 예수 우리 주의

은혜와 평강이 날마다 넘치게 하여 주소서

우리 주 예수 그리스도 이름으로 기도합니다. 아멘!

쉬지 말고 기도하게 하소서

항상 기뻐하라. 쉬지 말고 기도하라. 범사에 감사하라 이것이 그리스도 예수 안에서 너희를 향하신 하나님의 뜻이니라. 성령을 소멸하지 말고, 예언을 멸시하지 말고, 범사에 헤아려 좋은 것을 취하고, 악은 어떤 모양이라도 버리라.

† 데살로니가 전서 5;16~22

오, 주님!
항상 기뻐하게 하시고
쉬지 말고 기도하게 하소서

구주 예수 그리스도의 인도하심에
범사에 감사하게 하소서

이 모든 것이 주 예수 안에서 우리를 향하신
하나님의 뜻임을 깨닫고 알아
분명하고 확실하게 믿고 따르게 하시고
성령을 소멸하지 않게 하여 주소서

예언을 함부로 남용하거나 멸시하지 않게 하시고
범사에 모든 것을 은혜로 취하게 하소서

악은 어떤 모양이라도 전부 버리게 하소서
우리 주 예수 그리스도 이름으로 기도합니다. 아멘!

우리의 나아갈 길을 인도하여 주소서

오 형제여 나로 주 안에서 너로 말미암아 기쁨을 얻게 하고 내 마음이 그리스도 안에서 평안하게 하라. 나는 네가 순종할 것을 확신하므로 네게 썼노니 네가 내가 말한 것보다 더 행할 줄 아노라. 오직 너는 나를 위하여 숙소를 마련하라 너희 기도로 내가 너희에게 나아갈 수 있기를 바라노라.

† 빌레몬서 1:20~22

오, 주님!
주 안에서 기쁨을 얻게 하소서
주 안에서 내 마음을 평안하게 해주소서

주 안에서 순종할 것을 확신하며 순종하게 하시고
주 안에서 말한 것보다 더 많이
행함이 있는 믿음의 삶을 살게 하여 주소서

주 안에서 항상 기도를 드리며
우리의 나아갈 길을 인도하여 주소서
우리 주 예수 그리스도 이름으로 기도합니다. 아멘!

예수를 깊이 생각하게 하소서

그러므로 함께 하늘의 부르심을 받은 거룩한 형제들아 우리가 믿는 도리의
사도이시며 대제사장이신 예수를 깊이 생각하라.

† 히브리서 3;1

구원의 주님!
하나님의 말씀 속에서 십자가의 주님
예수 그리스도를 깊이 생각하게 하소서

사랑의 주님!
기도 속에서 생명의 주님
예수 그리스도를 깊이 생각하게 하소서

생명의 주님!
묵상 속에서 십자가의 주님
예수 그리스도를 깊이 생각하게 하소서

말씀의 주님!
날마다 일상 속에서 동행하시는 주님
예수 그리스도를 깊이 생각하게 하소서
우리 주 예수 그리스도 이름으로 기도합니다. 아멘!

믿음의 도리를 굳게 잡고 은혜의 보좌 앞에 담대하게 나가게 하소서

그러므로 우리에게 큰 대제사장이 계시니 승천하신 이 곧 하나님의 아들 예수시라 우리가 믿는 도리를 굳게 잡을지어다. 우리에게 있는 대제사장은 우리의 연약함을 동정하지 못하실 이가 아니요 모든 일에 우리와 똑같이 시험을 받으신 이로되 죄는 없으시니라. 그러므로 우리는 긍휼하심을 받고 때를 따라 돕는 은혜를 얻기 위해 은혜의 보좌 앞에 담대히 나아갈 것이니라.

✝ 히브리서 4;14~16

말씀의 주님!
우리의 큰 대제사장으로 계시는 하나님의 아들
구주 예수 그리스도를 믿는 도리를 굳게 잡게 하소서
반석 위에 굳게 세운 믿음 안에서
하나님을 신뢰하고 주님을 따르는
성도의 믿음 도리가 분명하고 확실하여 굳게 하소서

믿음으로 인도하시는 주님!
우리가 주님의 긍휼하심을 받게 하시고
때를 따라 도우시는
주 예수 그리스도의 은혜를 얻기 위하여
은혜의 보좌 앞에 담대하게 나아가게 하여 주소서
주님께서 연약함을 아시고 주님께서 나약함을 아시고
주님께서 부족함을 아시니 인도하여 주소서

오, 주님!

주님은 사람들의 모양으로 오셔서

사람들과 똑같은 시험과 고난을

몸소 체휼하신 분이시니

죄에서 떠나고 악은 어떤 모양이라도 버리고

주님을 믿는 도리를 믿음으로 잡게 하소서

은혜의 주님!

믿음의 도리를 굳게 잡기 위하여

하나님의 말씀을 깊이 상고하여

몸과 마음으로 깨닫게 하여 주시고

기도함으로 응답받는 체험을 갖게 하시고

전도함으로 복음의 열매를 맺게 하소서

구원의 주님!

하나님 도우심을 때를 따라 받게 하시고

하늘의 은혜를 충만히 받게 하소서

날마다 때마다 시마다

은혜의 보좌 앞에 담대하게 나가게 하소서

우리 주 예수 그리스도 이름으로 기도합니다. 아멘!

믿음으로 하나님의 증거를 믿게 하소서

믿음은 바라는 것들의 실상이요 보이지 않는 것들의 증거니, 선진들이 이로써 증거를 얻었느니라.

† 히브리서 11;1~2

오, 주님!
강하고 담대한 믿음을 주시고
어떤 시련과 역경도 이겨내게 하소서
믿음이 반석 위에 세워지게 하여 주시고
믿음 가운데 행하며 살게 하소서

오, 주님!
믿음은 바라는 것들의 실상이요
보이지 않는 것들의 증거라 하셨으니
믿음으로 응답받게 하소서

보이지 않던 것들도 믿음으로 응답받아
증거를 얻는 가운데 믿음으로 살게 하소서

오, 주님!
믿음으로 신앙생활을 함으로
날마다 삶 속에서
믿음의 증거가 늘어나게 하시고
믿음 속에서 증거를 나타내주시는
하나님의 뜻과 섭리를 믿고 따르게 하소서

믿음의 주님!
언제나 믿음의 주이시며 온전하게 하시는
주 예수를 바라보게 하소서

고난과 역경 속에서도 주 예수를 바라보게 하시고
실패와 패배 속에서도 주 예수를 바라보게 하소서

삶의 기쁨과 감동 속에서도 주 예수를 바라보게 하소서
우리 주 예수 그리스도 이름으로 기도합니다. 아멘!

복음 사역자들을 위하여 기도하게 하소서

우리를 위하여 기도하라 우리가 모든 일에 선하게 행하려 하므로 우리에게
선한 양심이 있는 줄 확신하노니, 내가 속히 너희에게 돌아가기를 위하여
너희가 기도하기를 더욱 원하노라.

† 히브리서 13;18~19

구원의 주님!
주님의 생명 복음을 전하는
전 세계 복음 사역자들을 위하여 기도하게 하소서

주의 종들이 하나님의 말씀을 전할 때마다
듣는 사람들이 죄의 찔림을 받아 회개하고
구원받는 사람들이 점점 더 늘어나게 하소서

구원의 주님!
주님의 교회가 평안하여 든든히 서가고
믿는 자들이 늘어나게 하여 주소서

교회의 모든 기관이 살아 움직이게 하여 주시고
선교와 전도에 열심하게 하여 주시고
성도들이 기도 충만, 말씀 충만, 은혜 충만하게 하소서

오, 주님!

전 세계의 선교사들을 기억하여 주시고

선교사들이 풍토병과 병마에 시달리지 않게 하여 주시고

현지에서 잘 적응하여 가족과 함께 주님의 뜻을 이루게 하소서

선교사들이 복음을 증거할 때마다 현지인과 토착민과

원주민들이 죄를 회개하여 구원받게 하소서

선교 기관들과 선교사들을 돕는 이들을 축복하여 주소서

오, 주님!

각 나라 성서공회들이 성경을 배포할 때마다

성경을 어디에서 보든지 보고 읽는 사람들이

마음에 찔림을 받아 회개하여 구원받게 하여 주소서

놀라우신 하나님의 섭리가 함께하심을 믿습니다

우리 주 예수 그리스도 이름으로 기도합니다. 아멘!

행함이 있는 믿음이 되게 하소서

이와 같이 행함이 없는 믿음은 그 자체가 죽은 것이라. 어떤 사람은 말하기를 너는 믿음이 있고 나는 행함이 있으니 행함이 없는 믿음은 네 믿음을 내게 보이리라 나는 행함으로 내 믿음을 네게 보이리라 하리라.

† 야고보서 2;17~18

오, 주님!
주님의 보혈로 우리를 죄에서 해방해 주시고
구원하여 주심에 무한 감사와 찬양을 드립니다
우리가 말로만 하는 것이 아니라
주님처럼 행함이 있는 믿음으로 성도답게 살게 하여 주시고
하나님의 말씀 속에서 행함이 있는 믿음으로 살게 하여 주소서
행함이 없는 믿음은 허구요 가짜이며 형식뿐이오니
행함이 있는 믿음으로 이 험한 세상 속에서
성도답게 빛과 소금의 직분을 감당하며 살게 하여 주소서

오, 주님!
우리 행위가 구주 예수 그리스도 안에서 온전히 변화되어
행함이 있는 믿음으로 하늘나라 백성답게 살게 하여 주시고
구주 예수 그리스도의 칭찬받는 성도가 되게 하여 주소서
우리 주 예수 그리스도 이름으로 기도합니다. 아멘!

행함이 있는 믿음을 갖게 하소서

영혼 없는 몸이 죽은 것 같이 행함이 없는 믿음은 죽은 것이니라.

† 야고보서 2;26

오, 주님!
우리가 주님의 사역에 동참함으로
의롭다 함을 얻게 하여 주소서

우리의 믿음이 말만 하고 행함이 없는 믿음이 아니라
주의 사역에 동참하고 행함으로
열매를 맺는 믿음이 되게 하여 주소서

영혼이 없으면 죽은 것 같이
행함이 없는 믿음은
죽은 믿음이오니 행함으로
힘 있고 바른 믿음을 갖고
하나님의 자녀답게 살게 하소서
우리 주 예수 그리스도 이름으로 기도합니다. 아멘!

기도할 때 정욕으로 쓰려고
구하지 않게 하소서

✝ ....

너희 중에 싸움이 어디로부터 다툼이 어디로부터 나느냐 너희 지체 중에서
싸우는 정욕으로부터 나는 것이 아니냐. 너희는 욕심을 내어도 얻지 못하여
살인하며 시기하여도 능히 취하지 못하므로 다투고 싸우는도다. 너희가 얻
지 못함은 구하지 아니하기 때문이요 구하여도 받지 못함은 정욕으로 쓰려
고 잘못 구하기 때문이라.

✝ 야고보서 4;1~3

오, 주님!
모든 싸움과 다툼은 인간적인 욕심과
정욕으로부터 시작한 못된 행동이오니
싸움을 멈추고 주님이 원하시는 삶을 살아가며
평안과 기쁨을 얻게 하여 주소서

오, 주님!
아무리 애걸복걸하며 욕심을 내어도
아무것도 얻지 못하고
살인하며 시기하여도 능히 취하지 못하오니
다투고 싸우면 응답받지 못함을 깨닫고 알게 하소서

오, 주님!

기도하며 구하여도 응답받지 못하는 것은

정욕으로 쓰려고 잘못 구함이니

죄와 허물의 잘못을 낱낱이 시인하고 회개하여

모든 죄를 용서받게 하여 주소서

우리 주 예수 그리스도 이름으로 기도합니다. 아멘!

의인의 간구가 역사하는 힘이 크게 하소서 1

너희 중에 고난당하는 자가 있느냐 그는 기도할 것이요 즐거워하는 자가 있느냐 그는 찬송할지니라. 너희 중에 병든 자가 있느냐 그는 교회 장로들을 청할 것이요 그들은 주의 이름으로 기름을 바르며 그를 위하여 기도할지니라. 믿음의 기도는 병든 자를 구원하리니 주께서 그를 일으키시리라 혹시 죄를 범하였을지라도 사하심을 받으리라. 그러므로 너희 죄를 서로 고백하며 병이 낫기를 위하여 서로 기도하라 의인의 간구는 역사하는 힘이 큼이니라. 엘리야는 우리와 성정이 같은 사람이로되 그가 비가 오지 않기를 간절히 기도한즉 삼 년 육 개월 동안 땅에 비가 오지 아니하고, 다시 기도하니 하늘이 비를 주고 땅이 열매를 맺었느니라.

† 야고보서 5;13~18

온 세상을 주관하시는 주님!
우리가 고난당하여 힘들고 지칠 때
기도하고 간구함으로
고난을 이겨내고 벗어나게 하소서

우리가 기쁘고 즐거울 때 찬송함으로
하나님께 영광을 돌리게 하소서

생명의 주님!
이 세상에서 각종 병든 자를 치료하여 주시고

그들이 병에서 놓임받고 고침을 받기 위하여
주 예수 이름으로 기도함으로
주님의 은혜로 병의 고침을 받게 하소서

구원의 주님!
우리가 죄를 지었을 때
죄를 고백하고 자복하고 통회하여
철저하게 회개함으로 주님의 보혈로 씻김을 받아
죄를 용서받고 구원받게 하소서

능력의 주님!
의인의 간구가 역사하는 마음이 크다고 하셨으니
이 땅의 의인들이 기도함으로
하늘의 뜻이 이 땅에 이루어지게 하소서

오직 주 예수 그리스도
구주 예수 이름으로 날마다 기도하게 하소서
우리 주 예수 그리스도 이름으로 기도합니다. 아멘!

의인의 간구가 역사하는 힘이 크게 하소서 2

너희 중에 고난당하는 자가 있느냐 그는 기도할 것이요 즐거워하는 자가 있느냐 그는 찬송할지니라. 너희 중에 병든 자가 있느냐 그는 교회 장로들을 청할 것이요 그들은 주의 이름으로 기름을 바르며 그를 위하여 기도할지니라. 믿음의 기도는 병든 자를 구원하리니 주께서 그를 일으키시리라 혹시 죄를 범하였을지라도 사하심을 받으리라. 그러므로 너희 죄를 서로 고백하며 병이 낫기를 위하여 서로 기도하라 의인의 간구는 역사하는 힘이 큼이니라. 엘리야는 우리와 성정이 같은 사람이로되 그가 비가 오지 않기를 간절히 기도한즉 삼 년 육 개월 동안 땅에 비가 오지 아니하고, 다시 기도하니 하늘이 비를 주고 땅이 열매를 맺었느니라.

† 야고보서 5;13~18

기도를 들어주시는 주님!
기도할 때마다 고난당하는 사람들, 슬픔 당한 사람들
역경을 당한 사람들을 위하여
기도하게 하여 주시고 응답받아
그들이 온갖 고통과 시련에서 벗어나게 하소서

오, 주님!
찬양을 통하여 영광을 받으시는 주님!
주님의 이름으로 구원받음을 기뻐하며 감사하며
찬송을 드릴 때 영광과 찬송을 받아주소서

사랑의 주님!

병든 자를 위하여 기도할 때마다 응답하여 주시고

암과 치매, 중풍, 정신병과 각종 병에 걸린 사람들이

병에서 놓임을 받아 건강한 삶을 살게 하시고

믿음의 기도를 드려 응답받게 하여 주소서

기도를 응답하여 주시는 주님!

서로 예수 그리스도 이름으로 죄를 용서받기 위하여

고백하고 통회하고 자백함으로

주님의 인도 속에 응답하여 주소서

주님이 함께하시므로

의인의 간구가 역사하는 힘을 크게 하소서

초라하고 부족함을 가려주시고

주 예수 그리스도의 의를 드러나게 하여 주소서

간절하게 드리는 기도가 응답받게 하소서

우리 주 예수 그리스도 이름으로 기도합니다. 아멘!

내 영혼이 구원받게 하소서

구원의 주님!
온 세상을 얻은 듯 살아도 구원받지 못하면 소용없으니
내 영혼이 구원받게 하여 주소서
부귀와 영화가 가득해도 구원받지 못하면 소용없으니
내 영혼이 구원받게 하여 주소서

은혜의 주님!
세상에 이름이 떠들썩하게 유명해져도
구원받지 못하면 소용없으니
내 영혼이 구원받게 하여 주소서
구주 예수 그리스도께서 생명의 길로 인도하여 주시니
그 길을 따라가며 기쁨과 감사가 넘치게 하여 주소서

구원의 주님!
사람에게 인정받고 존경받아도
구원받지 못하면 소용없으니
내 영혼이 구원받게 하여 주소서

은혜의 주님!
주 예수께서 죄에서 우리를 구원하고 살리셨으니
생명의 복음, 구원의 복음을 힘 있게 전하게 하소서
우리 주 예수 그리스도 이름으로 기도합니다. 아멘!

정신 차리고 근신하며 기도하게 하소서

만물이 마지막이 가까이 왔으니 그러므로 너희는 정신을 차리고 근신하여 기도하라. 무엇보다도 뜨겁게 서로 사랑할지니 사랑은 허다한 죄를 덮느니라. 서로 대접하기를 원망 없이 하고, 각각 은사를 받은 대로 하나님의 여러 가지 은혜를 맡은 선한 청지기같이 서로 봉사하라. 만일 누가 하나님의 말씀을 하는 것같이 하고 누가 봉사하려면 하나님이 공급하시는 힘으로 하는 것같이 하라 이는 범사에 예수 그리스도로 말미암아 하나님이 영광을 받으시게 하려 함이라 그에게 영광과 권능이 세세에 무궁하도록 있느니라 아멘.

† 베드로 전서 4;7~11

시작과 끝이 되시는 주님!
하나님의 성도로서 이 믿음 가운데
이 시대를 분별하며 살게 하소서
이 세상은 시작과 끝이 있으니
만물의 마지막이 다가올 때 나태하지 않고
정신을 차리고 깨어 있는 믿음의 성도가 되게 하소서

사랑의 주님!
시대가 악할수록 사랑하며 살게 하시고
무엇보다도 악한 세대에
주님의 사랑을 본받아서 뜨겁게 서로 사랑하며
구주 예수 그리스도의 긍휼하신 사랑으로

허다한 죄를 용서로 덮게 하여 주소서

구원의 주님!
삶 속에서 행함이 악하지 않게 하여 주시고
서로 대접하기를 형식이나 가식으로 하지 않게 하시고
아무런 원망과 시비가 없게 하소서
각각 은사를 받은 대로 은혜를 받은 선한 청지기로
서로 예수 그리스도 이름으로 선한 봉사를 하게 하소서

능력의 주님!
우리가 남을 대할 때
하나님의 사랑하심을 본받아 대하게 하시고
누구에게나 봉사할 때
하나님의 선하심처럼 봉사하게 하소서
우리의 삶 속에 주 예수 그리스도로 말미암아
하나님의 영광을 드러내어
하나님의 영광과 권능이 온 세상에 가득하게 하소서
우리 주 예수 그리스도 이름으로 기도합니다. 아멘!

구주 예수 그리스도를 아는 지식이
자라게 하소서 1

오직 우리 주 곧 구주 예수 그리스도의 은혜와 그를 아는 지식에서 자라 가
라 영광이 이제 와 영원한 날까지 그에게 있을지어다.

† 베드로 후서 3;18

믿음의 주님!
세상을 살아가며 법을 지키지 않는
무법한 자들의 미혹 속에 이끌려
믿음에서 떠나는 잘못된 죄를 범하지 않게 하소서

구원의 주님!
우리 구주 예수 그리스도 안에서
주 예수 그리스도의 은혜와 사랑 속에
말씀 속에서 예수 그리스도를 아는 지식이
날마다 자라나고 성장하여
하나님의 날 영원한 날까지 이르게 하소서

생명의 주님

주님을 믿고 깨닫는 지식이 풍성해지기 위하여

하나님의 말씀 성경을 날마다 읽고 듣게 하시고

말씀 속에서 주님을 아는 지식을

풍성하게 하소서

지혜의 주님!

주님을 아는 지식이 더 높고 넓고 깊어지게 하시고

하나님께 찬양을 드릴 때도

마음속에서 주님을 더욱더 깨닫게 하소서

오직 주님만을 믿고 따르게 하소서

우리 주 예수 그리스도 이름으로 기도합니다. 아멘!

구주 예수 그리스도를 아는 지식이
자라가게 하소서 2

오직 우리 주 곧 구주 예수 그리스도의 은혜와 그를 아는 지식에서 자라 가라 영광이 이제와 영원한 날까지 그에게 있을지어다.

† 베드로 후서 3;18

생명의 주님!
구주 예수 그리스도 앞에서 점도 없고
흠도 없이 평강 가운데서
주님 앞에 보이게 하여 주시기를 원합니다

구주 예수 그리스도께서 인내하시고
오래 참으시고 구원을 이루어 주셨으니
주님께 받은 지혜대로 말씀을 믿게 하여 주소서

말씀의 주님!
성경 말씀 속에서 알기 어렵고 깨닫기 어려운 말씀들을
무식하게 억지로 풀다가 멸망당하지 않게 하여 주시고
말씀대로 따르게 하시는 주님의 인도를 받게 하여 주소서

구원의 주님!

우리가 구주 예수 그리스도의 사랑으로

우리가 구주 예수 그리스도의 구속하심으로

구원을 받았으니 무법한 자들의 미혹에 끌리지 않고

굳센 믿음으로 주 안에서 살게 하여 주소서

지혜를 주시는 주님!

우리를 인도하여 주심을 믿습니다

오직 우리 구주 예수 그리스도의 은혜 속에서

주님을 아는 지식이 날마다 자라나

현재부터 영원의 날까지 이르게 하여 주소서

우리 주 예수 그리스도 이름으로 기도합니다. 아멘!

영혼이 잘 됨 같이 범사가 잘되고 강건하게 하소서

사랑하는 자여 네 영혼이 잘됨같이 네가 범사에 잘되고 경건하기를 내가 간구하노라.

† 요한3서 1;2

창조의 주님!

영혼이 잘됨같이

범사가 잘되고 강건하게 하여 주소서

모든 것을 형통하게 하시는

주 예수 그리스도를 항상 믿고 따르게 하소서

생명의 주님!

주님의 뜻과 말씀에 순종하여 따름으로

영혼이 잘되어 구원받아

주 예수 그리스도를 온 세상에 나타내게 하소서

사랑의 주님!

주 예수 그리스도 이름으로 기도함으로

응답을 받아 만사를 형통하게 하시고

좌로나 우로나 치우침이 없이

길이요 진리요 생명이신 주님의 길을 가게 하소서

능력의 주님!

주님의 자녀요 하나님의 거룩한 백성으로

몸과 마음과 영혼이 나약하거나 연약함 없이

강하고 담대하게 주 안에서 부족함이 없는

평안과 은혜와 축복의 삶을 살게 하소서

우리 주 예수 그리스도 이름으로 기도합니다. 아멘!

거룩한 믿음 위에 자신을 세우며 성령으로 기도하게 하소서

사랑하는 자들아 너희는 우리 주 예수 그리스도의 사도들이 미리 한 말을 기억하라. 그들이 너희에게 말하기를 마지막 때에 자기의 경건하지 않은 정욕대로 행하며 조롱하는 자들이 있으리라 하였나니, 이 사람들은 분열을 일으키는 자며 육에 속한 자며 성령이 없는 자니라. 사랑하는 자들아 너희는 너희의 지극히 거룩한 믿음 위에 자신을 세우며 성령으로 기도하며, 하나님의 사랑 안에서 자신을 지키며 영생에 이르도록 우리 주 예수 그리스도의 긍휼을 기다리라. 어떤 의심하는 자들을 긍휼히 여기라. 또 어떤 자를 불에서 끌어내어 구원하라 또 어떤 자를 그 육체로 더럽힌 옷까지도 미워하되 두려움으로 긍휼히 여기라.

✝ 유다서 1;17~23

항상 인도하여 주시는 주님!
주님께서 사도들을 통하여 한 말씀을
늘 기억하며 살아가게 하소서
마지막 때에 경건하지 않은 자들이
정욕대로 행하고 조롱할 때도
잘 분별하여 바른 믿음으로 구주 예수 안에 살아가게 하소서

사랑의 주님!
교회에서 모임 중에 분열을 일으키는 자와
함께하지 않게 하여 주시고

육에 속하고 성령이 없는 거짓된 자들에게
하루속히 떠나 진리 안에서 살게 하시고
생명의 복음 속에서 하나님의 비밀이 이루어지게 하소서

믿음의 주님!
하나님의 사랑을 받았으니 거룩한 믿음 위에
자신을 바르게 세우게 하시고 흔들리지 않는
믿음으로 변하지 않고 견고한 반석 위에 세운 믿음으로
성령의 인도에 따라 기도하며
구주 예수 그리스도와 동행하게 하소서

사랑의 주님!
하나님의 사랑 안에서 자신을 지키며
하나님의 섭리 속에 영생에 이르도록
주 예수 그리스도의 긍휼하심을 받게 하소서
하나님의 말씀을 부정하고 의심하는 자들을
불쌍히 여겨주시고 죄악의 불에서 건져내게 하소서
우리 주 예수 그리스도 이름으로 기도합니다. 아멘!

생명의 관을 허락하여 주소서

서머나 교회의 사자에게 편지하라 처음이며 마지막이요 죽었다가 살아나신 이가 이르시되, 내가 네 환난과 궁핍을 알거니와 실상은 네가 부요한 자니라 자칭 유대인이라 하는 자들의 비방도 알거니와 실상은 유대인이 아니요 사탄의 회당이라. 너는 장차 받을 고난을 두려워하지 말라 볼지어다 마귀가 장차 너희 가운데서 몇 사람을 옥에 던져 시험을 받게 하리니 너희가 십 일 동안 환난을 받으리라 네가 죽도록 충성하라 그리하면 생명의 관을 네게 주리라. 귀 있는 자는 성령이 교회에게 하시는 말씀을 들을지어다 이기는 자는 둘째 사망의 해를 받지 아니하리라.

† 요한 계시록 2;8~11

시작과 나중이 되시는 하나님!
하나님께서 환난과 궁핍을 아시고 비방도 아시고
사탄의 회당을 알고 살피시니
모든 것을 맡기고 의지하며
온전한 믿음의 삶을 살아가게 하여 주소서

오, 주님!
하나님을 믿고 신뢰하며 따르고
장차 받을 고난을 두려워하지 말고
굳세고 강한 믿음을 갖고 이겨낼 힘을 갖게 하소서

오, 주님!

시험을 당하여도 환난을 당하여도

죽도록 충성할 수 있는 믿음을 주시고

생명의 관을 허락하여 주소서

오, 주님!

하나님의 말씀을 믿사오니

환난과 시험을 견디고 이겨내어

둘째 사망의 해를 전혀 받지 않도록

생명의 관을 허락하여 주소서

우리 주 예수 그리스도 이름으로 기도합니다. 아멘!

예언의 말씀을 지키는 자는 복이 있게 하소서

보라 내가 속히 오리니 이 두루마리의 예언의 말씀을 지키는 자는 복이 있
으리라 하더라.

† 요한 계시록 22;7

말씀으로 천지 만물을 창조하신 하나님!
하나님의 말씀은 생명의 말씀이오니
하나님의 말씀은 구원의 말씀이오니
하나님의 말씀은 진리의 말씀이오니
예언의 말씀을 지키는 자는 복이 있게 하소서

말씀의 하나님!
하나님의 말씀이 삶의 길과 진리와 생명이 되어 주소서
믿음의 결국은 구원이라 하셨으니
하나님의 말씀 안에서 믿음으로 살게 하시고
예언의 말씀을 지키는 자는 복이 있게 하소서

권능의 하나님!

믿음은 바라는 것들의 실상이요 증거라 하셨으니

하나님의 말씀에 의지하여

주 예수 그리스도의 삶을 본받아

하나님의 자녀답게 살게 하여 주소서

말씀의 하나님!

하나님의 말씀은 삶의 나침판이오니

하나님의 말씀이 삶의 근본이 되게 하소서

하나님의 말씀은 삶의 시작과 끝이오니

예언의 말씀을 지키는 자는 복이 있게 하소서

우리 주 예수 그리스도 이름으로 기도합니다. 아멘!

내가 진실로 진실로 너희에게 이르노니 너희는 곡하고 애통하겠으나 세상은 기뻐하리라 너희는 근심하겠으나 너희 근심이 도리어 기쁨이 되리라. 여자가 해산하게 되면 그때가 이르렀으므로 근심하나 아기를 낳으면 세상에 사람 난 기쁨으로 말미암아 그 고통을 다시 기억하지 아니하느니라.

† 요한복음 16:20~21